COURS

DE

LITTÉRATURE

XVII. BUFFON

SOCIÉTÉ ANONYME D'IMPRIMERIE DE VILLEFRANCHE-DE-ROUERGUE
Jules Bardoux, Directeur.

COURS

DE

LITTÉRATURE

PAR

FÉLIX HÉMON

PROFESSEUR DE RHÉTORIQUE AU LYCÉE LOUIS-LE-GRAND

XVII

BUFFON

PARIS

LIBRAIRIE CH. DELAGRAVE

15, RUE SOUFFLOT, 15

—

1900

BUFFON

(1707-1788)

I

Coup d'œil sur la vie et l'œuvre de Buffon. — Le Jardin du roi. — Les principaux collaborateurs.

La vie de Buffon, inséparable de son œuvre, tient presque tout entière en deux dates : 1739, date de sa nomination comme intendant au Jardin du roi; 1749, date de la publication des premiers volumes de l'*Histoire naturelle,* qui se continue pendant quarante ans ensuite.

Georges-Louis Leclerc, fils d'un conseiller au parlement de Bourgogne, qui prit le nom de Buffon d'une terre échue par héritage à sa famille, naquit à Montbard le 7 septembre 1707. Il fit à Dijon, chez les jésuites, des études qui paraissent avoir manqué d'éclat. « Esprit lent et épais, intelligence d'une valeur latente et enveloppée, il ne promettait alors qu'un écolier vulgaire[1] », sauf en mathématiques. Au collège il eut pour condisciples l'abbé Leblanc et le président de Brosses, qui restèrent ses amis. Bientôt après, il se lia avec un jeune Anglais, le duc de Kington, qui voyageait avec un précepteur allemand nommé Hinckman, et qui séjourna quelque temps à Dijon. Il les accompagna dans leurs voyages en Suisse et en Italie, de 1730 à 1732, et, en 1738, il passa trois mois près d'eux à Londres.

C'est, dit-on, de l'Allemand Hinckman qu'il prit le goût de l'histoire naturelle. Mais on ne s'explique pas fort bien comment, dès 1733, à vingt-six ans, il peut se faire élire membre adjoint de l'Académie des sciences, car ses traductions de la *Statique des végétaux,* de Hales, et du *Traité des fluxions,* de

---

1. Th. Foisset, *le Président de Brosses.*

Newton, sont de 1735 et 1740. A peine s'était-il fait connaître par des mémoires sans grande importance, qui ne lui assignaient pas une spécialité bien distincte : il inclinait plutôt alors vers les sciences pures, et c'est dans la section de mécanique qu'il fut admis, ce qui ne l'empêcha pas de passer plus tard dans la section de botanique. Soudain, en 1739, la mort prématurée de Dufay, intendant du Jardin du roi, lui ouvrit l'avenir. On croit que Dufay lui-même le désigna pour son successeur. En tout cas, croyant se connaître en plantes et entendre « les bâtiments[1] », il demanda et obtint sa situation. Dès lors, sa vie est fixée : les trois premiers volumes de l'*Histoire naturelle* (*Théorie de la terre, Histoire naturelle de l'homme*) paraissent en 1749.

Le Jardin du roi a eu la fortune de réunir, aux premières pages de son histoire, deux grands noms : Richelieu qui le créa (1626), Buffon qui l'organisa ou plutôt le créa de nouveau. Mais, s'il doit beaucoup à Buffon, Buffon ne lui doit pas moins. Avant de recueillir la succession de Dufay, il hésitait, passait d'une étude à l'autre, mêlant le plaisir au travail, inconscient peut-être de son génie, à coup sûr incertain de la route qu'il devait suivre. Dès qu'il prend possession de cette paisible retraite, le Jardin devient son « fils aîné ». Il travaille à en classer les collections; il les complète au moyen des présents personnels qu'on lui adresse bientôt de tous les points du monde. Pour l'enrichir, il fait appel à la générosité des uns, il flatte la vanité des autres. Partout il a des correspondants, dont il stimule l'activité par l'unique appât de la gloire. Les souverains eux-mêmes ambitionnent l'honneur de voir leurs noms cités avec éloges dans l'*Histoire naturelle*. Il fait des emprunts, comble des catacombes, parlemente dix ans avec les moines de Saint-Victor pour agrandir le Jardin, qui étouffe dans ses limites trop étroites. C'est là que Buffon a vécu, c'est-à-dire travaillé cinquante ans de sa vie, entouré de ces savants d'élite qu'il désigna toujours avec une sûreté impartiale de jugement, Daubenton, Lamarck, Fourcroy, Lacépède.

C'est de là que partirent les 15 volumes des *Quadrupèdes* (1749-1767), les 9 volumes des *Oiseaux* (1770-1783), les 5 volumes des *Minéraux* (1783-1788), enfin les 7 volumes du *Supplément* (1774-1789), dont un contient les *Époques de la nature* (1778); en tout, 36 volumes. Cet infatigable labeur ne fut inter-

____

1. Lettre à Hellot, 23 juillet 1739.

rompu que deux fois : en 1769, lors de la maladie et de la mort
de la comtesse de Buffon, et en 1771, lorsque Buffon tomba lui-
même malade. Ses principaux collaborateurs furent Daubenton
pour les *Quadrupèdes*, Guéneau de Montbeillard et l'abbé
Bexon pour les *Oiseaux*, Faujas de Saint-Fond pour les *Minéraux*.

Louis Daubenton (1716-1799), qui devait mourir président du
sénat de l'empire, était fils d'un médecin de Montbard, où lui-
même exerça quelque temps la médecine. Son illustre compatriote le fit venir à Paris en 1742 et lui confia, dans l'*Histoire
naturelle*, la partie de description anatomique. Son œuvre,
plus modeste et technique, avait donc son existence propre,
parallèle au développement de l'œuvre de Buffon. Mais les con-
naisseurs ne tardèrent pas à en apprécier la précision scientifique et la nouveauté, et Daubenton, conscient de son mérite,
ne tarda pas à se lasser d'un rôle subalterne. Cependant, la
rupture entre Buffon et Daubenton ne fut complète qu'après la
publication d'une édition de 1774, d'où les planches de Daubenton avaient été exclues. Buffon fut très sensible à l'ingra-
titude d'un collaborateur qui lui devait tout ; mais il ne s'en
plaignit jamais.

Privé du concours de ce vrai savant, obligé de ménager ses
forces, Buffon dut s'adresser à un collaborateur qui était son
compatriote aussi et son ami, mais qui n'était pas assez préparé à cette besogne : Philibert Guéneau de Montbeillard, né à
Semur (1720-1785), était avocat et littérateur. Les descriptions
pompeuses qu'il inséra dans les *Oiseaux* ont fait grand tort au
renom de Buffon, à qui on les a souvent attribuées. Sa collabo-
ration n'est rendue publique qu'à partir de 1771. Indépendant
de caractère, et bientôt lassé, il se retira en 1777.

Avant la retraite de Guéneau, l'abbé Gabriel Bexon, de Remi-
remont (1748-1784), avait été associé au travail des *Oiseaux*.
Traité d'abord par Buffon avec une réserve un peu défiante, il
finit, grâce à sa ténacité laborieuse, par s'élever au rang de
collaborateur et d'ami. Ses descriptions d'oiseaux valent mieux
que celles de Guéneau, peut-être parce que Buffon les revisa de
plus près. Une des nombreuses lettres que lui adressa Buffon
(27 juillet 1777) suffit à caractériser la façon dont il dirigeait
le travail de ses collaborateurs :

Je suis très satisfait, Monsieur, et même plus que content, car on ne peut
se plaindre que du trop de travail qu'a dû vous coûter la composition des

articles que vous m'avez envoyés. Il y a en général trop d'érudition, et vous ne voulez pas qu'en comparant ces articles avec ceux qui sont imprimés, on voie qu'on a redoublé de science mythologique et d'érudition assez inutiles à l'histoire naturelle. J'en retrancherai donc beaucoup, et j'aurai l'honneur de vous envoyer dans peu le premier cahier corrigé de ma main ; cela vous servira d'exemple pour ceux de la suite... Tâchez, Monsieur, de faire toutes vos descriptions d'après les oiseaux mêmes : cela est essentiel pour la précision.

Bexon mourut à trente-six ans. Avant sa mort, vers 1777, on voit apparaître un nouveau nom de collaborateur, celui de Barthélemy Faujas de Saint-Fond (de Montélimar, 1741-1819), avocat, voyageur et poète, à qui Buffon portera assez d'affection pour lui léguer son cœur. C'est aux *Minéraux* surtout qu'il travailla, mais il était chargé aussi de diriger le service de la Correspondance au Jardin du roi, tâche pesante dont Buffon avait dû se désintéresser peu à peu : « Elle finirait, dit-il[1], par me tuer, pour peu qu'elle augmentât. Ce sont des lettres sans fin, et de tout l'univers... »

Peu d'événements extérieurs méritent d'être mêlés à cette histoire d'une grande œuvre. En 1750 et 1751, après la publication des premiers volumes de l'*Histoire naturelle*, attaqué dans son orthodoxie par les *Nouvelles ecclésiatiques* et par les disciples de son collègue Réaumur, qui inspira le pamphlet intitulé *Lettres à un Américain,* Buffon s'était vu condamner par la Sorbonne et avait dû rétracter quatorze propositions extraites de son ouvrage. En 1778, les *Époques de la nature* furent dénoncées une seconde fois à la faculté de théologie par l'abbé Royou ; mais la protection de la cour décida la faculté, dit Bachaumont, à regarder le système du philosophe comme un radotage de sa vieillesse.

Il vécut dix ans encore, quoique souffrant cruellement de la pierre. A la suite d'un voyage imprudent qu'il fit de Montbard à Paris pour surveiller les travaux du Jardin du roi, il y mourut, le 16 avril 1788.

II

La physionomie morale de Buffon. — Le travail à Montbard.
La vie de société.

Ainsi, cette vie et cette œuvre, à une époque d'effervescence universelle, sont toujours restées sereines et désintéressées. Il

----

1. Lettre à Mme Necker, 12 juillet 1782.

n'a connu que la passion du travail et de la vérité ; il n'a vécu
que pour sa vaste entreprise. Sachant que « tout est cabale,
même dans les sciences », il dédaignait les outrages des envieux :
« Chacun, s'écrie-t-il, a sa délicatesse d'amour-propre : la
mienne va jusqu'à croire que de certaines gens ne peuvent même
pas m'offenser... J'ai toujours pensé qu'un homme qui écrit
doit s'occuper uniquement de son sujet et nullement de soi[1]. »
Le souci toujours présent de son œuvre lui inspire « l'horreur
des chicanes[2] » qui en interrompraient le cours. Plus vraiment
fort en cela que Montesquieu, s'il ressent profondément les
offenses, il dédaigne de les relever. Il abandonne à d'autres les
triomphes d'un jour ; il sourit de leurs émotions fiévreuses.
« Je voyais souvent Piron, dit-il, et j'étais témoin de ses anxié-
tés la veille des premières représentations de ses pièces. Mais
qu'est-ce qu'un jour d'attente ? Les premières représentations
des miennes duraient des années. » En peignant le sage, maître des événements, toujours occupé à étendre ses connaissances, et jouissant de tout l'univers parce qu'il jouit de lui-
même, c'est son propre portrait que Buffon nous trace. Il avait
la haine de l'ennui, « ce triste tyran des âmes qui pensent[3] ».
Mais, comme il le remarque, c'est un mal qui ne s'attaque
point aux intelligences laborieuses. Une seule chose pouvait le
fatiguer, et c'était le repos.

C'est de là que vient l'unité si parfaite de sa vie. Sa correspondance a été publiée ; mais on serait déçu si l'on y cherchait
d'autres émotions et d'autres pensées. A peine, au début, quelques lettres nous révèlent un Buffon jeune, mondain, passionné
pour le plaisir et le jeu, capable de ne pas reculer devant une
aventure ou devant un duel. Mais ailleurs, à travers les petitesses de la vie commune, on voit se dresser la grande œuvre.
C'est que l'âme de Buffon était envahie tout entière par cet unique
souci, qui l'accompagne dans le tumulte de Paris comme dans le
silence de la Bourgogne, au Jardin du roi comme à Montbard.

Le véritable secret du génie de Buffon, c'est à Montbard qu'il
faut le demander. « Chacun est fils de la terre qu'il habite. »
Cette vue nouvelle, devenue banale plus tard, Buffon, un des
premiers, l'a indiquée[4]. Au fond, la contrainte des relations

1. Lettre à l'abbé Leblanc, 21 mars 1750. — *Époques de la nature, i.*
2. Lettre à Mme Daubenton, 9 mars 1786. Voyez les lettres aux abbés Leblanc et
Bexon et à de Brosses, 16 févr. et 21 mars 1750, 22 nov. 1773, 8 août 1779.
3 *Introduction à l'histoire de l'homme.*
4. *Quadrupèdes : le Lion.*

mondaines, le « tourbillon de Paris », lui pesaient; il y passait quatre mois à peine, puis s'enfuyait à Montbard. C'est qu'à Montbard il était maître de lui-même, et que ses jardins lui donnaient cette solitude vers laquelle il pousse un cri d'envie, quand les importuns l'assiègent : « La tranquillité du cabinet me fait autant de bien que le mouvement de Paris me fait de mal... J'aimerais mieux passer mon temps à faire couler de l'eau et à planter des houblons[1]. » Ce vaste parc de Montbard était une merveille de verdure construite sur un rocher; il y avait multiplié les sentiers et répandu les fleurs à profusion. Il avait besoin du grand air, et pensait mieux dans la grande élévation de sa tour.

Hérault de Séchelles, qui visita Montbard en 1785, nous a laissé des détails précis sur le milieu où travaillait Buffon et sur sa méthode de travail[2]. Le parc était composé de treize terrasses, d'où l'on découvrait un vaste horizon de prairies et de vignobles, de plantations, de charmilles, de volières pleines d'oiseaux étrangers. Dans le pavillon nommé tour Saint-Louis, se trouvait un cabinet fort simple : « Sous une voûte assez haute, à peu près semblable aux voûtes des églises et des anciennes chapelles, dont les murailles sont peintes en vert, il a fait porter un mauvais secrétaire de bois, au milieu de la salle, qui est carrelée, et devant le secrétaire est un fauteuil : voilà tout. Pas un livre, pas un papier. » Buffon n'y travaillait qu'en été. C'est dans un autre cabinet qu'il a écrit une grande partie de ses ouvrages. Ce cabinet, ouvert, comme le premier, par une porte verte à deux battants, était carrelé aussi, garni de boiseries, tapissé d'images d'oiseaux et de quadrupèdes. On y voyait un canapé, quelques chaises couvertes de cuir noir, une petite table noire chargée de manuscrits, un secrétaire en noyer où il écrivait; en face, le portrait de Newton.

1. Lettres à Mme Daubenton, 28 nov. 1777 ; à Bexon, 12 août 1781 ; à Leblanc, 22 février 1738.

2. *Voyage à Montbard,* ouvrage posthume. — « Les dispositions générales de l'habitation de Montbard n'ont pas changé depuis Buffon. Le modeste parterre qui l'accompagne est encore à peu près tel qu'il existait au xviiie siècle. Rien non plus n'a été changé dans le parc, cadeau de Louis XV, qui fait suite à ce parterre. Vu de la grille extérieure, ce parc paraît immense, et cependant il est vraiment petit; il a cela de particulier qu'on peut s'y égarer et s'y perdre en tournant pour ainsi dire sur place, tant l'espace a été bien ménagé, et les allées disposées avec intelligence. Sans s'éloigner de plus de dix pas de son cabinet de travail, Buffon pouvait s'y créer une promenade aussi solitaire que s'il était allé la chercher à un kilomètre. Ceux qui m'ont précédé à Montbard et qui prétendent avoir trouvé le cabinet de travail dans l'état où il était du temps de Buffon ont été plus favorisés que moi; je n'y ai trouvé que les quatre murs nus. Ce cabinet est placé dans le parc même... » (Montégut, *Souvenirs de Bourgogne.*)

Dès cinq heures du matin, Buffon se levait, dictait ses lettres, réglait ses affaires. A six heures, il montait à son cabinet, en traversant ses jardins, dont il refermait les grilles derrière lui. Qu'il écrivît dans son cabinet ou qu'il se promenât dans quelque allée voisine, il était désormais tout à son travail, et sa solitude était respectée de tous. A neuf heures, il déjeunait dans son cabinet (deux verres de vin, un morceau de pain), puis recommençait à travailler jusqu'à une ou deux heures. Alors il revenait au château et y dînait. Après le dîner, il sommeillait une demi-heure dans sa chambre, faisait seul une promenade, retournait, à cinq heures, à son cabinet, où il restait jusqu'à sept heures. De sept heures à neuf, il se reposait dans la vie de société et de famille. A neuf heures, il se couchait.

Combien de gens encore ne sauraient se le figurer qu'en manchettes de dentelles et en habit doré! Pourtant, la tradition des manchettes est une invention du prince de Monaco; l'habit doré des dimanches, une plaisanterie de Saint-Lambert prise au sérieux. Buffon était au-dessus de ces petitesses : il ne consacrait que peu de temps à sa toilette, et, ne voulant même pas perdre ces courts moments, il gardait près de lui son secrétaire, qui continuait à écrire sous sa dictée. Ce personnage, qu'on voudrait nous représenter impassible dans sa solennité, cause avec une bonhomie familière à la table, où il se délasse des travaux de la journée. Parfois, il est vrai, il récite avec complaisance quelque belle page de ses œuvres, ou préside, avec sa majesté un peu dédaigneuse, à une discussion sur les sujets qu'il aime à traiter. Alors il s'émeut, sa parole s'anime, s'élève, et rappelle son style. Mais il s'arrête bientôt, refuse de conclure, et s'écrie, d'un ton qui n'admet pas de réplique : « Nous ne sommes pas ici à l'Académie! »

Mlle de Lespinasse, si délicate, l'avait attiré dans son salon et se promettait de recueillir, avec une piété attentive, les moindres mots qui tomberaient de sa bouche. « La conversation, dit Morellet, ayant commencé, de la part de Mlle de Lespinasse, par des compliments flatteurs et fins, comme elle savait les faire, on vient à parler de l'art d'écrire, et quelqu'un remarque avec éloge combien M. Buffon avait su réunir la clarté à l'élévation du style, réunion difficile et rare : « Oh! « diable! dit M. de Buffon, la tête haute, les yeux à demi fermés, « et avec un air moitié niais, moitié inspiré, oh! diable! quand « il est question de clarifier son style, c'est une autre paire de « manches. » A ce propos, à cette comparaison des rues, voilà

Mlle de Lespinasse qui se trouble ; sa physionomie s'altère, elle se renverse sur son fauteuil, répétant entre ses dents : « Une « autre paire de manches ! clarifier son style ! » Elle n'en revint pas de toute la soirée[1]. » Mlle de Lespinasse eût été moins émue si elle avait réfléchi que cette intelligence laborieuse avait besoin de se détendre. Buffon s'égayait comme il travaillait, par système. Mais il n'était pas systématiquement trivial, et nous savons par Mme de Genlis ce qu'étaient les diners du Jardin du roi :

> J'ai diné, ces jours passés, chez M. de Buffon ; il y avait beaucoup de monde, la société était toute composée de savants et de littérateurs. J'étais, dans ce cercle imposant, la seule ignorante ; cependant le ton de la conversation était si naturel, on causait avec tant de bonhomie et si peu de prétention, que je me trouvais là parfaitement à mon aise. Je dine tous les quinze jours chez M. de Buffon, et j'y trouve toujours cette aimable simplicité ; c'est le maître de la maison qui l'inspire : il en a tant lui-même ! Personne, en sa présence, n'ose montrer de la pédanterie ou prendre un ton dogmatique et tranchant. Il n'aime ni les discussions ni les entretiens scientifiques ; il dit que la conversation doit être un délassement, et que, pour être agréable, il faut qu'elle soit un peu frivole. Comme je lui disais que j'étais charmée qu'il eût cette opinion qui me convient si bien, il me conta qu'une femme nouvellement arrivée à Paris, et voulant voir une assemblée de beaux esprits, vint dîner chez lui, imaginant qu'elle entendrait des choses merveilleuses. Elle écoutait avec la plus grande attention, et s'étonnait de ne rien recueillir de remarquable ; mais elle pensa que l'on réservait les bons mots pour égayer le dîner. On se mit à table ; alors son attention redoubla : on ne parla que de bonne chère, on ne disserta que sur la bonté des vins de Bourgogne et de Champagne ; et, au second service, la dame étrangère, perdant patience, se pencha vers son voisin en lui disant tout bas : « Mais quand donc ces messieurs commenceront-ils ? »

A Montbard, il se sentait plus à son aise encore dans un cercle plus étroit d'amis et de parents. On a trop souvent célébré en lui les facultés de l'intelligence aux dépens de la sensibilité du cœur. Personne, pas même Montaigne, n'a parlé de l'amitié avec plus de délicatesse : « C'est, de tous les attachements, le plus digne de l'homme : l'amitié n'émane que de la raison, l'impression des sens n'y fait rien : c'est l'âme de son ami qu'on aime, et, pour aimer une âme, il faut en avoir une[2] ». Sérieux en tout, c'est avec un soin presque défiant qu'il choisit le petit nombre de ses amis ; mais autant il est attentif à se défendre contre la foule des amis intéressés, autant il s'abandonne aux amis, trop rares, dont il a éprouvé le dévouement sincère. Chacun a son mérite propre, qu'il a découvert et dont il sait tirer

1. Morellet, *Mémoires*, ch. vi.
2. *Introduction à l'histoire de l'homme.*

parti. Il les loue et les critique, les encourage ou les contient, heureux de les voir s'élever et s'identifier avec lui. Aussi lui demeuraient-ils fidèles, sentant tout ce qu'ils devaient à la douce tyrannie de son contrôle. Son amitié pour les présidents de Brosses et de Ruffey fut de celles qui, commencées avec la vie, ne finissent qu'avec elle. C'est à Ruffey que sont adressées les premières lettres de Buffon, lettres parfois assez libres de ton, pleines de traits satiriques et de médisances. Ces confidences amicales se prolongent pendant plus de cinquante années. Ruffey défendait la gloire de son illustre ami, comme si elle eût été sienne. On est touché de voir Buffon, dans une vieillesse avancée, lui écrire avec une vivacité toute juvénile : « C'est depuis environ soixante ans que nous nous aimons, et j'espère que nous signerons encore 1800 comme 1780 ; » et en 1783 : « Mon cher ami, l'âme ne vieillit pas[1]. » Son attachement pour de Brosses, moins tendre, n'était pas moins solide. Ce qu'il aime en lui, c'est l'intelligence érudite, le goût des vastes sujets. Mais la société qu'il aime surtout, c'est celle des femmes, de sa sœur, Mme Nadault, de ses amies, Mmes Guéneau, Daubenton, Necker. A celle-ci surtout vont ces lettres d'une galanterie si délicate, où le gentilhomme revit. Au lendemain d'un retour à Montbard (25 juillet 1779), il lui écrit :

Je suis bien arrivé ; mais, comme les grands regrets font faire des réflexions profondes, je me suis demandé pourquoi je quittais volontairement tout ce que j'aime le plus, vous que j'adore, mon fils que je chéris. En examinant les motifs de ma volonté, j'ai reconnu que c'est un principe dont vous faites cas qui m'a toujours déterminé : je veux dire l'ordre dans la conduite, et le désir de finir les ouvrages que j'ai commencés et que j'ai promis au public : car je suis ici dans une solitude absolue, sans autre compagnie que celle de mes livres, compagnie fort insipide, surtout les premiers jours. Vous pourriez croire que c'est l'amour de la gloire qui m'attire dans le désert et me met la plume à la main ; mais je vous proteste, ma belle et respectable amie, que j'ai eu plus de peine à vous quitter que la gloire ne pourra jamais me donner de plaisir, et que c'est le seul amour de l'ordre qui m'a déterminé. Je mets mon bonheur à vous faire part de ce qui se passe dans mon cœur, et je demande au vôtre quelques mouvements de tendresse et d'amitié. Mille respects à M. Necker ; je fais tous les jours des vœux pour sa gloire.

Dès qu'ils s'étaient rencontrés dans ce milieu, dont les frivolités et le tumulte leur déplaisaient également, ces deux esprits avaient senti à quel point ils étaient faits pour se comprendre. Tous deux étaient graves, sincères, froids en apparence, pas-

1. Lettres du 12 janvier 1780 et du 13 janvier 1783.

sionnés au fond. Buffon disait de Mme Necker que dans ses moindres billets il retrouvait quelques-unes de ses pensées. Lorsqu'il lui écrit, son style, d'ordinaire si calme, devient presque lyrique. Il semble qu'ils aient l'un pour l'autre un culte mêlé d'admiration et de passion. Mais la passion véritable, Buffon ne pouvait la connaître : son âme était prise par une passion qui n'admettait point de rivale. A quarante-trois ans, pourtant, il chercha et trouva le bonheur dans un mariage d'amour avec Mlle de Saint-Belin. Il vécut avec elle dans une étroite intimité, « sans distraction comme sans nuage[1] ». La mort de de Mme de Buffon fit bien voir qu'il n'était impassible qu'à la surface : son travail en fut interrompu, et, pour la première fois, il connut le découragement. C'est assez pour montrer combien le coup l'avait profondément atteint.

Mais il avait l'ambition de se survivre à lui-même en rendant digne de lui le fils qui devait porter son nom. Malgré des dissentiments passagers, lui-même avait été fils respectueux; sa douleur fut sincère lorsqu'il vit mourir ce père qui s'associait à sa gloire, cette mère d'une intelligence supérieure à laquelle il se rattachait par système et par orgueil. La forte éducation qu'il avait reçue, il voulait la transmettre à son fils. Pour accomplir son devoir paternel, il descend jusqu'aux minuties les plus importunes, choisit des précepteurs qu'il surveille, se fait envoyer à Montbard des devoirs qu'il renvoie corrigés au collège du Plessy, insiste sans cesse sur la nécessité du travail et s'afflige quand ses exhortations demeurent inutiles. Dès l'adolescence, il traite cet enfant en homme, et l'envoie chercher, dans un long voyage à travers l'Europe, les leçons viriles capables de tremper un caractère. De loin, il réveille sa paresse ou contient sa fougue, le loue avec chaleur, le réprimande avec indulgence. Cette absence lui ôte « le sommeil et la force de penser »; mais il se garde d'abréger la durée de l'épreuve; il faut qu'elle soit complète, et elle le sera si son fils rapporte de ses voyages une précoce expérience, l'horreur du faste, « la satiété du grand monde[2] ». Il ne pouvait prévoir que, dix ans après, ce fils monterait sur l'échafaud, et dirait au peuple avant de mourir : « Citoyens, je me nomme Buffon. »

---

1. Condorcet, *Eloge de Buffon*.
2. Lettres à son fils, des 27 mai, 18 août, 9 et 19 septembre 1782 ; à Bexon, du 24 février 1783.

III

Buffon et les philosophes contemporains. — Son orthodoxie religieuse.

Mais Buffon, malgré les apparences, est de son temps, et nous ne croyons pas que M. Faguet aît eu raison d'écrire : « Il n'a pas de date ; il vit dans le temps indéfini, hors de son siècle. » Il était bien de son temps, celui qui écrivait avec orgueil : « L'esprit humain n'a point de bornes ; il s'étend à mesure que l'univers se déploie. L'homme peut donc et doit tout tenter ; il ne lui faut que du temps pour tout savoir[1]. » Il est philosophe, bien qu'il tienne à garder son indépendance vis-à-vis des philosophes. « Pour voguer à pleines voiles, dit Marmontel, ou du moins pour louvoyer seul et prudemment parmi les écueils, il aima mieux avoir à soi sa barque libre et détachée[2]. » Mais Marmontel a tort de ne voir là qu'un calcul. Sans doute Buffon pouvait se sentir mal à l'aise dans un milieu où ses vues systématiques étaient plus librement discutées ; mais, en demeurant à l'écart, il avait une ambition plus haute que celle de plaire à un prince peu favorable aux idées nouvelles. Le plan de sa vie était d'avance arrêté, le temps mesuré si bien qu'il n'y restait plus de place pour les discussions étrangères.

Cet isolement nécessaire, s'il avait sa grandeur, avait ses dangers. Grimm, qui montre l'Académie partagée entre deux coteries, ajoute (mai 1771) : « Il y a aussi de ces âmes fières et libres qui dédaignent d'être d'aucun parti, comme M. de Buffon, et que leur neutralité expose à la calomnie des deux factions. » Accoutumé à se tenir dans une région plus sereine, Buffon avait horreur de l'esprit de secte, mais non de l'esprit philosophique. Jeune, il fréquentait les salons de d'Holbach, de Mme Geoffrin et de Mme d'Épinay. En pleine possession de sa renommée, il ne cesse de s'intéresser au succès de l'*Encyclopédie*, dont on lui communique les premières épreuves, et qu'il appelle un très bon ouvrage[3]. Il loue sincèrement d'Alembert. Mais il entend ne point se passionner. Il ne se croit pas forcé

---

1. *Dégénération des espèces.*
2. *Mémoires d'un père pour servir à l'instruction de ses enfants.*
3. Lettres à Formey, 6 décembre 1750 ; à l'abbé Leblanc, 24 avril 1751 ; à Ruffey, 6 janvier 1755.

de répondre aux attaques brutales de Condillac, qui, dans son *Traité des animaux*, l'insulte après l'avoir copié : ce n'est, à ses yeux, qu'un philosophe sans philosophie. Helvétius, au retour de chaque automne, passe quelques jours à Montbard. Cette amitié n'empêche pas Buffon de lui dire : « Vous auriez mieux fait de faire un livre de moins et un bail de plus dans les fermes du roi. » En réalité, Buffon est éloigné des philosophes beaucoup moins par sa doctrine que par son caractère : « Le vrai bonheur, écrivait-il [1], est la tranquillité ; le premier moyen de se la procurer est de la donner aux autres, et de laisser, comme disent les moines, *mundum ire quomodo vadit;* au lieu que, sous le prétexte de faire plus de bien, on fait nécessairement mille fois plus de mouvement qu'on n'en devrait faire, et c'est ce mouvement qui trouble et perd tout. »

Avec de tels principes et un tel tempérament, il était mal disposé à comprendre Voltaire, en qui il reconnaissait volontiers « un très grand homme et un homme très aimable [2] », mais qui était trop militant à son gré. L'un avait la facilité brillante, qui éblouit et entraîne, l'autre cette longue patience avec laquelle il a confondu le génie, et qui en est du moins le meilleur instrument. Voltaire avait à Ferney son Montbard; mais il ne s'y était retiré que pour mieux être à tous. Du fond de sa solitude silencieuse, Buffon le trouvait « furieusement babillard ». Absorbé dans la méditation de son œuvre unique, il souriait des prétentions de Voltaire à l'universalité [3]. Le premier, d'ailleurs, son rival l'avait frappé dans ce qu'il avait de plus cher, son système. Plusieurs lettres de Voltaire à Helvétius (sept. et 3 oct. 1739, 27 oct. 1740) prouvent qu'il entretenait alors avec Buffon des relations fort amicales; il l'enviait de réunir les deux conditions nécessaires pour être heureux, « le corps d'un athlète et l'âme d'un sage ». Mais en 1746, dans la *Dissertation sur les changements arrivés dans notre globe,* et surtout en 1749, dans un Mémoire anonyme adressé à l'Académie de Bologne, il attaqua les idées de Buffon sur la formation des montagnes, ouvrages des eaux. Les poissons et les coquillages pétrifiés qu'on retrouvait sur les sommets de ces montagnes ne l'embarrassaient pas : n'avaient-ils pas pu, les uns être jetés là par des voyageurs, les autres y être apportés par des pèlerins? Attaqué sur ce terrain, Buffon s'y sentait

---

1. Lettre à Guyton de Morveau, mars 1762.
2. Lettre à Ruffey, 23 mai 1755.
3. Lettres à de Brosses, 11 févr. 1761 et 7 mars 1768.

invincible. C'est par des railleries qu'il accabla le grand railleur, dans ses *Preuves de la théorie de la terre*. Plus tard, il se repentit d'avoir répliqué sur ce ton, qui ne lui était pas habituel. Aussi déclare-t-il à de Brosses (7 mars 1768) qu'il ne lit même plus les « sottises » de Voltaire. Celui-ci, qui n'avait pas voulu, disait-il, se brouiller avec Buffon pour des coquilles, n'en continuait pas moins à le harceler dans une série de légers écrits, dont il suffit ici de citer les titres : *la Défense de mon oncle* (1767, ch. XIX); *des Singularités de la nature* (1768, ch. XI, XII, XVII); *les Colimaçons du R. P. l'Escarbotier* (1768, 3ᵉ lettre); *l'Homme aux quarante écus* (1768, ch. VI); *Précis du siècle de Louis XV* (1769, ch. XLIII). Il ne pardonnait pas à Buffon d'avoir eu raison contre lui.

En 1774, enfin, Guéneau ménagea entre eux une réconciliation qui ne fut jamais, comme l'avoue Voltaire lui-même, qu'un « raccommodage mal blanchi ». Dans une lettre d'une emphase calculée, Buffon s'était prosterné devant Voltaire Iᵉʳ [1]; Voltaire était resté debout et découvert devant le jeune fils de Buffon, envoyé à Ferney comme ambassadeur de paix. Mais ces démonstrations sentaient l'effort, et les deux puissances restaient défiantes. Aussi changeant que l'opinion, qu'il dirige et qu'il suit, Voltaire continuait sa marche aventureuse; Buffon, satisfait de rentrer dans la paix d'où il n'aurait pas voulu sortir, retournait à son œuvre un moment troublée.

Par affinité de génie, il préfère aux auteurs qui « écrivent excellemment sur des choses superficielles [2] », les penseurs profonds. Ce qu'il estime surtout dans Jean-Jacques Rousseau, c'est l'élévation de la philosophie; mais il regrettait que cette hauteur d'idées et de style n'allât pas sans quelque emphase et que les *Confessions* lui eussent appris à ne plus estimer leur auteur. Il était plus surpris encore que flatté, quand Rousseau se prosternait devant la tour de Montbard; dans ses romans il trouvait « bien du rabâchage ». Il applaudissait à plus d'une idée généreuse; mais les déclamations contre la société civilisée le laissaient froid, et ses railleries n'épargnaient pas « l'un des plus fiers censeurs de notre humanité [3] ».

---

1. Lettre du 12 novembre 1774. Il y a un sixain de Voltaire, adressé à Guéneau, à l'occasion de la réconciliation ménagée par lui. Au reste, par des lettres de Voltaire au chevalier Hamilton et au baron de Fougères (1773 et 1776) et par les *Dialogues d'Évhémère* (1777) on peut voir que Voltaire n'a pas absolument désarmé.

2. Lettre à Mᵐᵉ Necker, 2 janvier 1777.

3. Lettre à de Brosses, 11 févr. 1761. — *Histoire naturelle : l'Homme*. Le nom de Buffon est cité avec éloge dans l'*Émile* et le *Discours sur l'inégalité*. Hérault de

Plus voisin de Montesquieu par le sérieux du caractère et l'unité de l'œuvre accomplie, plus indifférent aux critiques personnelles, il était aussi sensible aux « tracasseries théologiques[1] », et l'on sait qu'elles ne lui furent pas épargnées. Pourtant, dans un temps sceptique, Buffon ne faisait pas profession de scepticisme. Plus que les philosophes contemporains, il observe, suivant le mot de Chateaubriand, les bienséances de la religion. Il ne pénètre pas moins avant dans le fond des choses, mais il respecte davantage les formes extérieures. Exact dans ses pratiques, il veut qu'on l'imite autour de lui. Il évite jusqu'à l'apparence du prosélytisme philosophique, persuadé que « la première de toutes les religions est de garder chacun la sienne[2] ». Quelle est sa religion à lui? Il n'est certainement pas un matérialiste; partout, et particulièrement dans l'*Introduction à l'histoire de l'homme* et le *Discours sur la nature des animaux*, il distingue deux principes, l'un matériel, qui ne saurait se connaître, l'autre spirituel, rayon affaibli, mais encore divin, de la lumière supérieure. L'existence de l'âme non seulement lui est démontrée, mais lui semble moins douteuse que celle de notre corps. Il établit une distance infinie entre les facultés du plus parfait animal et celles de l'homme, qui, seul, forme une classe à part. Il ne paraît pas mettre plus en doute l'existence d'un Dieu « source unique de toute lumière et de toute intelligence[3] », et son invocation à ce Dieu, dans le *Discours sur la nature*, est sincèrement émue :

Grand Dieu, dont la seule présence soutient la nature et maintient l'harmonie des lois de l'univers; vous qui, du trône immobile de l'empyrée, voyez rouler sous vos pieds toutes les sphères célestes sans choc et sans confusion : qui, du sein du repos, reproduisez à chaque instant leurs mouvements immenses, et seul régissez dans une paix profonde ce nombre infini de cieux et de mondes, rendez, rendez enfin le calme à la terre agitée! qu'elle soit dans le silence! Qu'à votre voix la discorde et la guerre cessent de faire retentir leurs clameurs orgueilleuses!

Dieu de bonté, auteur de tous les êtres, vos regards paternels embrassent tous les objets de la création; mais l'homme est votre être de choix, vous avez éclairé son âme d'un rayon de votre lumière immortelle; comblez vos bien--

---

Séchelles lut dans le salon de Buffon un parallèle entre Buffon et Rousseau. On a de Buffon à Rousseau, alors malheureux et persécuté (13 oct. 1765), une lettre pleine de la sympathie la plus chaleureuse.

1. Lettre à l'abbé Leblanc, 23 juin 1750. Montesquieu, dont pourtant Buffon n'aimait guère le style « asthmatique », est loué en plusieurs passages de la Correspondance. Dans une lettre à Mgr Cerati (17 janvier 1750), Montesquieu juge à son tour Buffon, mais dans les termes les plus réservés.

2. Lettre à Mme Necker, 22 mars 1774.

3. *Quadrupèdes : Nos indigènes domestiques*, discours général.

fails en pénétrant son cœur d'un trait de votre amour; ce sentiment divin, se répandant partout, réunira les nations ennemies; l'homme ne craindra plus l'aspect de l'homme, le fer homicide n'armera plus sa main; le feu dévorant de la guerre ne fera plus tarir la source des générations; l'espèce humaine, maintenant affaiblie, mutilée, moissonnée dans sa fleur, germera de nouveau, et se multipliera sans nombre; la nature, accablée sous le poids des fléaux, stérile, abandonnée, reprendra bientôt avec une nouvelle vie son ancienne fécondité : et nous, Dieu bienfaiteur, nous l'observerons sans cesse pour vous offrir à chaque instant un nouveau tribut de reconnaissance et d'admiration.

Il faut tenir pour suspectes les révélations d'Hérault de Séchelles, à qui Buffon aurait dit : « J'ai toujours nommé le Créateur; mais il n'y a qu'à ôter ce mot, et mettre à la place la puissance de la nature ». A défaut d'une croyance ferme, Buffon avait trop de prudence pour faire profession de foi d'athéisme ou de panthéisme. Mourant, il rendait hommage au « souverain Être », dans une dernière lettre à Mme Necker (11 avril 1788). Mais son déisme a pu sembler un peu vague. Le Dieu que son esprit conçoit n'est pas ce Dieu sensible au cœur, que Pascal adore; ce n'est pas davantage la Providence toujours active de Bossuet. S'il n'attaque pas le surnaturel, il s'en passe : il n'y a point de place pour le miracle dans son système. D'autre part, s'il est spiritualiste, il ne l'est pas à la façon d'un stoïcien chrétien, qu'inquiète le problème de la destinée humaine, mais plutôt à la façon d'un épicurien qui s'est fait un idéal de vie noblement sereine et accueille sans trouble l'idée de la mort. Ce n'est donc pas par la fermeté de son orthodoxie que Buffon se distinguerait des philosophes de son temps; peut-être même était-il plus vraiment philosophe qu'eux. Mais à un esprit libre il joignait un caractère timoré, et sa circonspection voilait la portée lointaine de son œuvre.

En politique comme en religion, esprit libre, mais non pas indiscipliné, il respecte jusqu'aux traditions que sa raison désavoue. Il est détaché des préjugés de naissance. Ce qu'il admire dans ses voyages à Nantes et à Bordeaux, c'est l'activité de la bourgeoisie commerçante, dont la façon de vivre lui paraît la plus raisonnable. Ce qui l'y blesse, c'est le mépris ridicule qu'affectent pour le négoce des comtes ou marquis d'un champ ou d'une métairie, petits-maîtres en qui s'unissent orgueil et gueuserie[1]. Toujours il sut juger les hommes de sa caste avec cette impartialité sévère. Jamais il n'exigea rigou-

---

1. Lettres à Ruffey, 5 nov. 1730 et 22 janv. 1731.

reusement le prix des redevances féodales. Dans les disettes, il aidait les nécessiteux à vivre. Pour parrain et marraine de son fils, il choisissait deux pauvres de la paroisse. C'était un philanthrope, moins la déclamation.

L'amour de l'humanité, voilà peut-être le trait qui rappelle le plus en lui l'homme du xviiie siècle. S'il s'attriste de voir sacrifier sans nécessité la vie des animaux, avec quelle émotion plus profonde il essaye de faire comprendre aux puissants tout le prix de la vie humaine! Ses pages les plus froidement scientifiques s'éclairent et s'animent tout à coup d'un vif rayon d'éloquence, quand il proteste soit contre la traite des esclaves, soit contre les durs travaux des mines, dont tout l'or ne pèse pas autant que le sang versé des mineurs [1]. Personne ne montre plus d'empressement à accueillir les idées nouvelles, pourvu qu'elles soient utiles : un des premiers, il prouve la nécessité des paratonnerres et encourage l'usage de l'inoculation. S'il se sépare des économistes en refusant d'admettre le libre échange, il réclame avec eux contre l'abus des lois fiscales et des gabelles ; avec eux, il applaudit à la suppression des corvées. Mais les utopies chimériques ne le tentent pas : à ses yeux [2], le meilleur gouvernement serait celui qui rendrait les hommes non pas également heureux, mais moins inégalement malheureux. Il devine une crise prochaine, « un mouvement terrible », d'autant plus redoutable qu'il ne voit personne capable de le diriger et de le contenir. Déjà plus d'un trouble populaire a préludé au grand orage. Il s'en effraye, par défiance de la foule, dont la faiblesse, selon lui, fait le fondement même des lois [3]. « La vérité, livrée à la multitude, est bientôt défigurée. » Il sent que la révolution préparée par les philosophes ira plus loin qu'ils n'auraient voulu. Habitué à tirer les conséquences logiques des principes, il semble avoir l'intuition de cet avenir qu'il n'a pas vu. Mais il sait aussi qu'il y a une force des choses, et il ne prétend pas y opposer une résistance aussi stérile qu'aveugle. Sans se rendre un compte bien exact des droits de la « nation », — mot nouveau, qui revient souvent sous sa plume, — il en devine confusément l'étendue, en les voyant si paisiblement exercés par les Anglais [4], « ce peuple si sensé, si profondément pensant ».

<hr>

1. *Quadrupèdes : le Chameau.* — *Minéraux : Substances métalliques, l'Or.*
2. *Époques de la nature*, vii.
3. Lettres à M. Hébert, 15 mai 1781, et à Mme Daubenton, 12 mai 1775. — *Oiseaux : l'Ibis.*
4. *Époques de la nature*, vii.

S'il parut à Versailles, c'est quand la nécessité l'y contraignit, pour remercier de l'érection de sa terre en comté, ou remplir ses devoirs de directeur de l'Académie. Le roi lui savait bon gré de n'être pas un novateur; mais Mme de Pompadour l'honorait de ses défiances. Visité, comblé de présents par les souverains, Buffon n'est pas ébloui de ces hommages. « J'aurai dans quelques jours la visite de l'abbé de Bourbon, et je n'en serai pas fâché : car j'aimais son père, qui, *quoique roi*, était un homme aimable. » Ailleurs il remarque, avec une surprise un peu maligne, que le prince Henri de Prusse a de l'esprit et des connaissances, « quoique du sang des rois[1] ».

Il est vrai qu'il blâmait fort son fils d'avoir négligé de mettre un grain d'encens dans sa lettre au grand Frédéric. Il est vrai aussi que, rival de Voltaire en flatterie, il jugeait Catherine II « supérieure à tous les grands hommes », qu'en quatre lignes d'elle il voyait renfermée toute l'essence de ses ouvrages, et que, l'entretenant de Constantinople, il prenait le soin bien superflu d'assigner comme rôle à la Russie la réhabilitation de cette partie croupissante de l'Europe[2]. Mais, alors même qu'il flatte, il ne s'abaisse pas. Parmi les compliments de cour se glisse parfois un mot simple et fier, qui, au lieu du courtisan incliné, nous montre l'homme debout : celui-ci, par exemple, adressé à Catherine, et digne d'elle comme de Buffon : « J'ai pensé que c'était un présent de souverain à souverain. »

IV

Buffon savant.

Ceux qui n'ont pas éclairé l'*Histoire naturelle* en lui rendant sa vraie place à côté de l'*Encyclopédie* n'ont pas eu de peine à montrer ce qu'elle a de systématique à l'excès, d'incomplet et d'inexact, de chimérique même. Leur érudition plus sûre a triomphé de ce qui est tout à la fois la faiblesse et la gloire non seulement de Buffon, mais de son époque, époque aventureuse, où les meilleurs esprits, affamés de vérité, demandent aux hypothèses les solutions que la science ne pourrait leur donner assez tôt.

1. Lettres à Mme Necker, 4 août 1784, et à Ruffey, 18 août 1784.
2. Lettres des 14 déc. 1781 et 23 avril 1782.

Chez Buffon, plus que chez tout autre, l'imagination est la faculté dominante. Cette maîtresse d'erreur était d'autant mieux écoutée que le silence du cabinet et de la solitude lui donnait un degré de puissance extraordinaire. Vivant dans un monde à part, absorbé dans une contemplation complaisante de ses théories, il se hâtait trop de conclure des faits aux principes, et d'abandonner le réel pour courir au possible. Ainsi, l'expérience était la base d'un système qui parfois n'avait rien d'expérimental. De Brosses avait raison de souhaiter que Buffon se livrât moins à sa riche imagination et fût moins ambitieux d'être chef de secte. Mais il souhaitait l'impossible. L'imagination pour Buffon était une alliée naturelle et nécessaire de la raison. C'est elle qui lui permet de pénétrer « dans cette profondeur du temps où la lumière du génie semble s'éteindre[1] », et qui fait revivre à ses yeux les âges disparus, avec une précision si saisissante, qu'il semble parfois en être, non pas l'historien, mais le témoin. Grâce à elle, s'il n'arrive pas toujours au vrai, il atteint toujours le vraisemblable. Tous les problèmes sont agités : les mondes qui peuplent l'espace ont-ils leurs habitants ? La terre refroidie ne cessera-t-elle pas un jour d'avoir les siens ? Le soleil ne s'éteindra-t-il pas ? Ne pourra-t-on jamais réduire les volcans à l'impuissance, se frayer un passage à travers les glaces du pôle, peut-être même opérer la transmutation des métaux ?

Respectueux des opinions reçues, Buffon est résolu à ne pas subir leur tyrannie. Malgré son penchant à la confiance, il ne va jamais jusqu'à l'aveugle crédulité. L'enthousiaste devient sceptique, lorsqu'il le faut, et son scepticisme est aimable : « Je vous renvoie, écrit-il à Guéneau (octobre 1776), la mâchoire du prétendu géant, qui n'était qu'un petit âne ; car j'ai eu sous les yeux la mâchoire d'un grand homme et la mâchoire d'un ânon, à laquelle celle-ci ressemble en perfection. » Souvent, d'ailleurs, il sait reculer devant les hypothèses les plus séduisantes, ou, s'il les accueille, il se défend de vouloir les imposer ; il n'a d'autre prétention que de les soumettre au jugement de tous, et d'aider pour sa part aux progrès généraux de la science. On a trop vanté le « romancier » pour se dispenser de rendre justice au savant, à l'observateur consciencieux qui associe le premier à la description extérieure la description anatomique[2], prodigue les expériences, accumule

---

1. *Époques de la nature* : début général.
2. « L'intérieur, dans les êtres vivants, est le fond du dessin de la nature : l'ex-

les témoignages, et, s'il se trompe parfois, n'essaye jamais de
nous tromper. M. Flourens l'a vengé de ces dédains immérités :
il montre que partout, dans l'*Histoire naturelle*, les conjectures
reposent sur des faits, qu'à chaque système correspond une
théorie vraiment scientifique. Pénétrant à sa suite dans cette
intelligence ouverte et sincère, nous y assistons au progrès continu des idées, qui se corrigent et s'élargissent de plus en plus.
Avec lui, nous admirons en Buffon le prédécesseur de Cuvier,
le génie dont la divination, étrangement perspicace, reconstitue
l'histoire de l'univers et des évolutions successives du globe
terrestre, ressuscite les espèces perdues, proclame l'unité des
races humaines, conçoit l'unité de plan du règne animal, fonde
la philosophie de la science, et, alors même qu'il s'égare,
éveille la curiosité, passionne les esprits, en leur découvrant
de longues perspectives, qu'ils n'avaient pas jusqu'alors soup-
çonnées.

M. Faguet, de nos jours, a été plus loin : réagissant contre
l'exagération de ceux qui ne voyaient en Buffon qu'un théoricien systématique et aventureux, il a vanté le « grand, et patient,
et humble, et soumis observateur », l'expérimentateur infatigable; il nous l'a montré dans son laboratoire, penché, et la
loupe à son œil de myope. Buffon savait assurément que la
méthode expérimentale est la seule vraiment scientifique : il
le disait dès 1735, dans la préface de sa traduction de la *Statique des végétaux* de Hales; il y insiste avec beaucoup de force
dans son *Discours sur la manière d'étudier et de traiter l'histoire
naturelle*. Une série de mémoires scientifiques, qu'il écrivit de
1737 à 1747, atteste des expériences nombreuses et suivies; il
en fit d'autres plus tard dans ses forges de Montbard; il s'as-
socia, autant que sa myopie le lui permettait, aux travaux
microscopiques de Needham. Mais l'intuition quelquefois de-
vançait l'expérience, et la main ne faisait ensuite « que confir-
mer ce que la vue de l'esprit avait aperçu[1] ». L'homme qui a
tracé ce « grand tableau de spéculations suivies[2] » n'a pas
été, ne pouvait pas être un savant semblable à ceux de notre
temps; mais entre les savants, de tous les temps, il garde sa

---

térieur n'en est que la surface, ou même la draperie. » (*Quadrupèdes : l'Unau et
l'Aï.*) Il est vrai qu'il décrivait plus volontiers l'extérieur; mais en exigeant de ses
collaborateurs, quand il ne se l'imposait pas à lui-même, l'étude de l'organisation
intime des êtres, il a été l'un des fondateurs de l'anatomie comparée.

1. *Minéraux : le Diamant.* Cf. *Quadrupèdes : la Girafe.*
2. *Minéraux : le Fer.*

physionomie originale. Villemain signale l'affinité du génie de Buffon avec celui des anciens :

> Voici ce que nous raconte Hume de l'impression que fit en lui la partie la plus conjecturale des ouvrages de Buffon : la *Théorie de la Terre* : « J'étais, dit-il, arrivé par mes réflexions à un état de scepticisme complet, lorsque je reçus ce livre; et ce me fut une surprise extraordinaire de voir que le génie de cet homme donnait à des choses que personne n'a vues une probabilité presque égale à l'évidence. Cela me paraît, je l'avoue, un des plus grands exemples de la puissance de l'esprit humain. « Cette grandeur imposante et si bien attestée par l'étonnement naïf de Hume, nous paraît le signe caractéristique du génie de Buffon. Par là aussi, Buffon appartient bien plus à la famille des philosophes anciens qu'à celle des savants et des nomenclateurs modernes. Il commencerait volontiers son ouvrage comme Empédocle, par ces mots : « J'écris de l'univers. » Ni l'infini du monde réel ni l'infini du possible n'effrayent son imagination. Il entreprend de tout raconter, en remontant aux causes de tout; et, dans une tâche où l'immensité des faits accable, il ajoute sans crainte l'immensité des hypothèses.

Comme les premiers philosophes de la Grèce, il écrit « de la Nature ». Mais, comme eux, il vient trop tôt pour une synthèse dont l'analyse n'a pas encore fourni tous les éléments. Comme eux, il construit un système de toutes pièces, avec plus de rigueur scientifique, mais avec la même ambition, que seule assouvit la vue de l'infini. Aristote lui semble plus précis, plus intelligible que Platon[1]; mais le génie du « peintre d'idées » a plus d'affinités avec le sien. Pline, « esprit fier, triste et sublime », a voulu trop embrasser, et trop abaisser l'homme pour exalter la nature; mais Buffon ne peut se défendre de lui envier « cette facilité de penser en grand, qui multiplie la science[2] ». Lucrèce semble avoir donné à l'auteur des *Epoques de la nature* l'éclat poétique dont il illuminait les problèmes les plus arides. Plus savant et moins hardi dans la négation, surtout plus paisible, Buffon est pénétré d'un égal enthousiasme pour son œuvre et les bienfaits dont l'humanité lui sera redevable. Jadis, il eût été le plus moderne des anciens; égaré dans le xviiie siècle, il est le plus ancien des modernes.

Aussi se plaît-il à humilier ses contemporains devant les naturalistes de la Grèce ou de Rome. Ce qui fait leur supériorité à ses yeux, c'est qu'ils « rapportent tout à l'homme mo-

---

1. *L'Homme : la Génération.* Cf. le *Discours sur la manière d'étudier et de traiter l'histoire naturelle,* et les *Oiseaux de proie : l'Orfraie.* « L'*Histoire des animaux* d'Aristote est peut-être encore aujourd'hui ce que nous avons de mieux fait en ce genre... Il n'y a guère de faits dans l'*Histoire des animaux* d'Aristote qui ne soient vrais, ou du moins qui n'aient un fondement de vérité... Aristote voyait bien et disait vrai presque en tout. » Sur les Grecs, voir *la Poule sultane.*

2. *Quadrupèdes : le Castor.* — *Discours sur la manière d'étudier et de traiter l'histoire naturelle.*

ral » ; ce qui le rapproche d'eux, c'est un commun amour pour
les « grandes vues » et un commun dédain pour ces « détails »
qui ne permettent rien au génie[1]. Il est vrai que les modernes
ont créé des méthodes nouvelles de classification. Mais Buffon
repoussait ces méthodes compliquées et factices. Il n'y recourut
qu'à la dernière extrémité, quand il se trouva aux prises avec
les innombrables espèces des oiseaux : même alors, il n'y vit
que des procédés momentanément commodes, car « la Nature
n'a ni classes ni genres : elle ne comprend que des individus.
Ces classes et ces genres sont l'ouvrage de notre esprit... En
réalité, il n'y a que des individus et des suites d'individus, c'est-
à-dire des espèces ». Buffon s'étonnait, s'indignait même que
l'homme osât porter dans les ouvrages du Créateur les abs-
tractions de son esprit borné, qu'il prétendit établir entre les
êtres les plus différents des rapports arbitraires. Il raillait cet
ordre mystérieux, « enveloppé de grec et d'érudition », ces
formules étroites, sorte de filet scientifique, où l'on s'imagi-
nait renfermer l'immensité de la nature, « plus riche que nos
idées, plus vaste que nos systèmes[2] », plus étonnante par ses
exceptions que par ses lois.

S'il était permis d'imiter ceux que Buffon poursuit de ses
épigrammes, l'*Histoire naturelle* tout entière pourrait être ra-
menée aux deux propositions suivantes : la Nature est simple,
et sa simplicité se démontre par la comparaison des espèces.
La Nature est variée, et sa variété se prouve par la description
des individus. Comparer et décrire, voilà toute la méthode de
Buffon, si c'en est une toutefois. La comparaison lui donne les
rapports, la description les différences.

« Ce n'est qu'en comparant que nous pouvons juger, » a-t-il
écrit[3]. A vrai dire, son œuvre n'est qu'un rapprochement perpétuel, une perpétuelle confrontation de toutes les espèces, de
tous les pays, de tous les temps. Sous la confusion apparente
des phénomènes et des êtres, il découvre le lien qui les unit ;
car « rien n'est vide, tout se touche, tout se tient dans la nature »,
et Buffon proclame la parenté « de toutes les générations sor-
ties du sein de la mère commune[4] » ; précurseur du transfor-

1. *Quadrupèdes : discours général. — Oiseaux : avertissement de* 1773.
2. *Introduction à l'histoire de l'homme. — Quadrupèdes : Le Mouflon, les Singes,*
préambule ; *les Tatous ; le Cochon. — Oiseaux : le Coq, le Secrétaire. — Discours sur la manière d'étudier et de traiter l'histoire naturelle.*
3. *Introduction à l'histoire de l'homme.*
4. *Oiseaux : le Cariama, le Pingouin. — Discours sur la manière d'étudier et de
traiter l'histoire naturelle.*

misme, il va jusqu'à écrire : « On peut descendre par des degrés presque insensibles de la créature la plus parfaite jusqu'à la matière la plus informe. » Ainsi de l'analyse il remontait à la synthèse et ressaisissait, à travers la diversité apparente des êtres, l'harmonie du plan général. Au sommet de l'échelle des êtres apparait l'homme ; à l'extrémité inférieure, le minéral. Entre eux, rien n'est commun, si ce n'est la vie, et cependant, à considérer l'uniformité du plan général, on dirait que Dieu a voulu « n'employer qu'une idée et la varier en même temps de toutes les manières possibles, afin que l'homme pût admirer également et la magnificence de l'exécution et la simplicité du dessein[1] ». L'unité de la nature fait donc l'unité du système de Buffon, unité vraie et profonde, égale, sinon supérieure, à celle qui vient des méthodes. Il ne s'en contenta point, et en rechercha une autre plus factice, mais par cela même plus propre à servir ses vues systématiques.

Pour comparer tant d'objets divers, il fallait un terme de comparaison unique. L'*Histoire naturelle* n'est que l'histoire de la nature considérée par rapport à l'homme. Jamais l'homme n'y est perdu de vue ; toutes les études particulières tendent à lui, et à lui seul ; toutes les divisions de l'ouvrage n'ont pas d'autre raison d'être : « Il nous est plus facile, plus agréable et plus utile de considérer les choses par rapport à nous que sous aucun autre point de vue. » L'ordre le plus naturel sera donc d'étudier les objets et les êtres qui nous entourent à proportion des rapports qu'ils ont avec l'homme et de l'utilité qu'il en peut tirer. Pour que la grandeur de l'homme soit mise dans tout son jour, il importe que le cadre où elle se manifeste soit digne d'elle. Avant de le connaître lui-même, il importe de connaître le théâtre de ses exploits, le domaine dont il est le maître. Ainsi s'explique la curiosité ardente de Buffon pour tout ce qui touche aux origines de la terre. Jeune, il s'en préoccupe ; vieillard, il y revient, et les *Époques de la nature* sont le couronnement ou, si l'on veut, le frontispice de ce monument construit par l'homme et pour l'homme. Les six premières époques ne sont elles-mêmes qu'une magnifique introduction à la septième ; l'histoire de la matière, dans ses transformations primitives, n'a pour but que de préparer l'entrée sur la scène du monde de l'être intelligent qui va vivifier cette masse inerte, et la marquer pour toujours de son empreinte.

1. *Quadrupèdes : l'Ane.*

Mais il serait trop facile de célébrer la supériorité de l'esprit sur la matière inanimée. L'homme ne sera vraiment grand que si, après avoir asservi les forces matérielles, il se montre digne de commander à la nature vivante. De là ce rapprochement et cette opposition sans cesse renouvelés des animaux et de l'homme, ennemi redouté des espèces sauvages, maître paisible des espèces domestiques, capable de modifier, en les perfectionnant, leur forme extérieure comme leur caractère. Cette préoccupation constante, qui fait l'unité de tout le système, en explique aussi les contradictions apparentes. Comme il a pour objet de glorifier l'homme aux dépens de l'animal, Buffon semble prendre plaisir, tantôt à abaisser, tantôt à exalter l'intelligence de nos plus fidèles serviteurs. C'est que le péril est double : il faut éviter également et de trop rapprocher l'animal de l'homme, de peur de les confondre, et de trop l'en séparer, de peur de rompre entre eux tout lien et toute sympathie. Avec une hauteur d'orgueil un peu cruelle, Buffon oppose l'être qui pense aux êtres qui ne pensent point. Ici, la volonté libre, éclairée et dirigée par la raison; là, rien qu'une machine inconsciente, aux mouvements automatiques. Quelle distance infinie entre le plus parfait des animaux, dont l'industrie, toujours uniforme, n'est pas susceptible de progrès, et l'homme, « capable de reconnaître toutes les puissances et de découvrir par ses travaux tous les secrets de la nature[1] »! Et pourtant que de ressemblances extérieures! que de similitudes morales! Et comment s'intéresser aux animaux, comment les comparer à nous, s'ils n'ont rien de nous? Il faut bien que Buffon se relâche alors de sa rigueur première et qu'il déclare les animaux capables de tout, excepté de raison. Lui qui a voulu vivre au milieu d'eux pour les mieux observer, lui qui connaît leur langage, qui rend hommage à leurs vertus privées, il sait oublier parfois sa supériorité d'homme et s'abaisser jusqu'à l'animal, ou plutôt l'élever jusqu'à lui. « Les animaux, dit Mme Necker, semblaient être les plus éloignés de nous, et l'art de Buffon a été de les en rapprocher sans cesse. » Au xviii° siècle, il fit ce que la Fontaine avait fait au xvii° : il mit les bêtes à la mode, et Voltaire, qui ne s'attendrissait pas aisément, après avoir caressé les bœufs de Ferney qui lui faisaient « des mines[2] », trai-

---

1. *Dégénération des espèces. Cf. Introduction à l'histoire de l'homme. — Quadrupèdes: Nos indigènes domestiques.*

2. Lettres à Monthyon, 1760 ; à d'Argental, 19 mars 1761 ; à Bourgelat, 18 mars 1775.

tait sur le pied d'égalité, sans trop d'ironie, « les animaux, nos confrères ».

Daubenton n'avait donc pas tort de voir dans les descriptions de Buffon des peintures de caractères. Décrire, c'est encore comparer ; car les animaux sont jugés comme les hommes : ce sont les sentiments, les qualités ou les vices de l'homme qu'on leur prête. Dans cette galerie de portraits si variés, Buffon est moins naturaliste que peintre, et l'avoue. A la description, d'autant plus froide qu'elle est plus détaillée, il oppose la peinture, qui saisit les traits saillants, garde l'empreinte de l'objet et lui donne la vie[1]. Il définit peu, car la nature ne connaît pas nos définitions ; il ne divise que par grandes masses, mais il décrit, et, en décrivant, il peint, rien n'étant bien défini que ce qui est exactement décrit, et rien n'étant bien décrit que ce qui est peint avec vérité. Lors même que les descriptions de l'*Histoire naturelle* devraient être appréciées au seul point de vue de la science, il ne serait point malaisé d'en louer la précision consciencieuse, l'enchaînement à la fois logique et naturel, l'art méthodique qui fait correspondre à la peinture physique la peinture morale, au témoignage des anciens les observations des modernes, de Buffon lui-même, de ses collaborateurs et de ses innombrables correspondants, enfin la bonne foi avec laquelle les objections sont discutées, les erreurs avouées et aussitôt corrigées. Pour apprécier avec justice les portraits d'animaux, il faudrait ne pas les détacher du cadre d'idées générales où Buffon les a placés. Mais, si on les en isole, ce qu'ils perdent en valeur scientifique, ils le regagnent en valeur morale.

Le monde, a-t-il écrit, est « un théâtre toujours rempli[2] ». Image du monde, l'*Histoire naturelle* donne l'illusion d'un spectacle toujours nouveau, dont les auteurs se groupent ou s'opposent entre eux, les uns se faisant admirer au premier plan, les autres relégués au second ; les uns parés de toutes les vertus héroïques ou gracieuses, les autres chargés de tous les vices. Sans doute l'exactitude rigoureuse en souffre, mais l'intérêt dramatique y gagne. En vain Buffon promet de n'apporter dans sa tâche ni admiration ni mépris[3] ; involontairement il se passionne ; il a ses amis qu'il exalte, ses ennemis qu'il accable ses « bêtes noires », selon le mot de Nisard. Par une sorte

1. Morceau sur *l'Art d'écrire.*
2. *Quadrupèdes : le Bœuf.*
3. *Quadrupèdes : l'Éléphant.*

d'instinct de nature, il est attiré de préférence vers les êtres vivants les plus nobles d'extérieur, les plus généreux de caractère, vers le lion, l'aigle, le chien, dont le tigre, le vautour, le chat, ne sont que l'antithèse. Mais c'est surtout le moral qui détermine ses prédilections. Les humbles et les souffrants trouvent en lui un avocat qui prend en main leur cause et, s'il se peut, les réhabilite. En quittant « cette ample comédie », nous emportons une idée nette de tous les personnages. Le cheval est pour nous tantôt un guerrier belliqueux, tantôt un esclave soumis; le chien est un ami sincère; le chat, un flatteur souple et faux; le tigre, le chacal, le vautour, de lâches brigands; le coq, un sultan dans son sérail; la poule, une mère de famille attentive. Le moineau, c'est l'importun dont la grossière pétulance nous incommode. Les pigeons ont la douceur tendre et fidèle de ceux que peint la Fontaine. Malgré les différences, ce n'est pas sans raison qu'on a rapproché du nom de Buffon le nom du grand fabuliste. Chez l'un et l'autre tout vit, tout sent, tout pense. Chacun d'eux se sert d'animaux pour instruire les hommes. Mais l'un tend à ce but de parti pris; l'autre a la prétention d'être moins moraliste que savant. Quoi qu'on pense du savant, il est permis d'aimer le moraliste.

V

Buffon écrivain.

Comme on connaissait mal l'homme et le savant, on a quelquefois mal jugé le style. Voltaire, dont l'esprit net et vif allait de sujet en sujet, n'en prenant que la fleur, ne sentait pas à quel point la méditation d'un sujet unique peut échauffer l'enthousiasme et grandir naturellement le style. Pour traiter une pareille matière, l'esprit ne suffisait pas. Il y fallait un sérieux profond, une âme à la fois contenue et passionnée. Nous aurions le droit de plaindre Buffon, s'il n'avait pas su proportionner la grandeur des paroles à la grandeur des vues. Détourne-t-il un moment les yeux de ces spéculations qui s'imposent à son esprit, il redevient familier jusqu'à la trivialité, comme en témoigne sa *Correspondance*, à chaque page[1]. Presque aussitôt,

1. « Comme je dîne tous les jours chez moi, vous pouvez me faire l'honneur de venir *manger ma soupe* tel jour qu'il vous plaira. » (Lettre à Faujas de Saint-Fond, 27 février 1784.) « Baniche (diminutif de Bornarde) se marie dans huit jours avec

le voici qui remonte sans effort de la familiarité à l'éloquence. Il lui a suffi de regagner le cabinet où l'attend la page inachevée et la contemplation interrompue.

Lui-même a dévoilé, dans le *Discours sur le style*, le secret de sa manière d'écrire. « Le style n'est que l'ordre et le mouvement qu'on met dans ses pensées. » Si on lui applique cette définition célèbre, on se convaincra qu'il a eu pour unique ambition de faire passer dans son style l'unité et la variété de la nature. L'ordre, en effet, n'est que l'unité, et le mouvement, qu'est-ce autre chose que cette variété, sans laquelle rien n'est vivant dans les œuvres de l'homme comme dans celles de Dieu?

C'est l'unité du style qui en fait l'harmonie. Vicq-d'Azyr remarque justement qu'on a tort d'isoler de l'*Histoire naturelle* certains morceaux éclatants; pris à part, ils pourraient justifier des reproches, qui tombent d'eux-mêmes, si on les replace dans le tout indestructible dont ils font partie. Le « grand phrasier », quoi qu'on en dise, ne fait point de phrases pour le plaisir d'en faire. S'il travaille avec plus d'amour certains tableaux qui prêtent au grand style, ce ne sont pas là des hors-d'œuvre, mais plutôt des ornements, qui font mieux valoir le fond solide et plus nu de l'édifice. Comme dans le développement, les idées s'enchaînent dans la période. Toutes les nuances sont indiquées, mais d'un crayon léger, qui n'appuie pas; leur effacement prémédité met en relief l'idée générale qui les relie et se déroule à travers les replis savants du style. Une lumière égale, qui éclaire plus qu'elle n'échauffe, est distribuée sur ces périodes, dont plus d'une est un tableau complet. Au premier plan, se détache, en plein jour, l'idée essentielle; au second, dans une sorte de pénombre, se laissent entrevoir les idées secondaires, qui se groupent autour de l'idée maîtresse. Sans doute, l'importance donnée à l'une fait souffrir un peu les autres. De Brosses louait son ami de ce qu'il excellait à généraliser les idées. On serait plutôt tenté aujourd'hui de lui en faire un reproche. Mais Buffon n'était pas de ceux dont la curiosité s'attache à l'accessoire; c'est l'ensemble qu'il voulait saisir et fixer dans son unité définitive.

Daubenton; si vous n'étiez pas si loin, on vous enverrait *du fricot*. (Lettre à l'abbé Leblanc, 26 septembre 1738.) On trouve dans la *Correspondance* une foule d'expressions aussi peu solennelles que celles-ci : *rater* la première place, — *à propos de bottes*, — *milonner* sa santé, — avoir du *guignon*, etc. Au reste, lorsqu'on porte sur le style épistolaire de Buffon un jugement absolu, on devrait se souvenir que beaucoup de ses lettres n'étaient même pas dictées par lui, et que sa sœur ou ses amies de Montbard le suppléaient souvent.

Savant d'ailleurs autant qu'écrivain, s'il recherchait avant
tout la simplicité et la clarté, il n'eût pas voulu les conquérir
au détriment de la précision scientifique. Il aimait, nous dit
son secrétaire, à faire lire ses ouvrages devant lui, mais ce
n'était pas des éloges qu'il réclamait, c'était des critiques :
il s'assurait ainsi qu'il avait bien employé l'expression propre
et claire ; il se corrigeait « si sa pensée avait été mal comprise ». Seul dans son cabinet, il était sévère pour lui-même :
par exemple, dans les deux premières rédactions de son portrait du jabiru, il avait appelé les reptiles du nouveau monde
« ces productions de la première fange de la terre..., cette
fange vivante » ; dans la troisième, il écrit simplement : « ces
espèces nuisibles ». Quand il corrige ses collaborateurs, c'est
presque toujours dans le sens de la précision et de la justesse
des termes. Bexon écrivait de l'oiseau-mouche, amant des
fleurs : « Il vit de leur nectar. On a dit qu'il mourait avec elles :
plus heureux, il habite des climats où elles ne fleurissent que
pour renaître et parent tour à tour le cercle entier de l'année. »
Buffon abrège et simplifie : « Il vit de leur nectar, et n'habite
que les climats où sans cesse elles se renouvellent. » Quand un
mot expressif vient sous sa plume, c'est pour remplacer un
mot qui rend faiblement l'idée. Bexon écrivait : « La frégate est
souvent l'unique objet qui s'offre entre le ciel et l'Océan aux
regards *attentifs* des voyageurs. » Buffon substitue : « aux regards *ennuyés* », et ce seul mot rend au tableau sa vérité[1].

Cette revision minutieuse, qui donne au style, sans doute,
plus de propriété et de force que de grâce et de souplesse, a
pour but moins de polir le style que de le rendre plus intelligible. C'est peu que l'élégance : l'ambition de Buffon est plus
digne d'un vrai savant : il poursuit la justesse précise, l'exacte
propriété des termes. Pour y atteindre, c'est la langue de tout
le monde qu'il emprunte, en l'anoblissant. Sa gloire est d'a-
voir mis à la portée de tous ce qui n'était jusqu'alors que le
patrimoine de quelques-uns. Il ne travaille son style que pour
le plier au rôle qu'il lui destine : être l'agent de propagande, le
véhicule de la science à travers le monde.

Seuls, il aimait à le dire, les ouvrages bien écrits sont dignes
de passer à la postérité ; mais il avait soin d'ajouter que, pour
bien écrire, il fallait bien sentir autant que bien penser, et que
l'esprit n'est rien sans l'âme. L'ordre dans le style, c'est la

1. Voyez notre étude sur Buffon au t. VI de l'*Histoire de la langue et de la littérature française* de M. Petit de Julleville ; Colin.

clarté, la simplicité, l'unité; mais le mouvement, c'est la chaleur et la vie. Buffon n'est pas seulement un artiste consommé. La nature inspire son historien : à ce métaphysicien, épris de la froide régularité des systèmes, elle communique l'éloquence de l'orateur et l'imagination du poète. C'est par ce double mérite que Buffon s'est élevé si fort au-dessus de ces savants contemporains, qui mettaient au service de la science une raison sans chaleur ou une finesse sans profondeur. Il n'a pas et ne veut pas avoir d'esprit : il se contente d'avoir du génie. Ce génie, grave et noble, répugne à la plaisanterie, à l'ironie, dont il use rarement, et où il se sent mal à l'aise. Mais si l'esprit n'est, pour ainsi dire, nulle part, l'éloquence est partout. Les mouvements oratoires abondent, soutenus d'un souffle puissant, si amples dans leur magnificence que Rivarol en compare la grandeur à la tranquille élévation des cieux[1]. Il le disait de ces belles pages qui ouvrent les *Époques de la nature* :

Comme, dans l'histoire civile, on consulte les titres, on recherche les médailles, on déchiffre les inscriptions antiques, pour déterminer les époques des révolutions humaines, et constater les dates des événements moraux ; de même, dans l'histoire naturelle, il faut fouiller les archives du monde, tirer des entrailles de la terre les vieux monuments, recueillir leurs débris, et rassembler en un corps de preuves tous les indices de changements physiques qui peuvent nous faire remonter aux différents âges de la nature. C'est le seul moyen de fixer quelques points dans l'immensité de l'espace, et de placer un certain nombre de pierres numéraires sur la route éternelle du temps. Le passé est comme la distance; notre vue y décroît, et s'y perdrait de même, si l'histoire et la chronologie n'eussent placé des fanaux, des flambeaux, aux points les plus obscurs ; mais, malgré ces lumières de la tradition écrite, si l'on remonte à quelques siècles, que d'incertitudes dans les faits! que d'erreurs sur les causes des événements! et quelle obscurité profonde n'environnent pas les temps antérieurs à cette tradition! D'ailleurs elle ne nous a transmis que les gestes de quelques nations, c'est-à-dire les actes d'une très petite partie du genre humain; tout le reste des hommes est demeuré nul pour nous, nul pour la postérité; ils ne sont sortis de leur néant que pour passer comme des ombres qui ne laissent point de traces ; et plût au Ciel que le nom de tous ces prétendus héros, dont on a célébré les crimes ou la gloire sanguinaire, fût également enseveli dans la nuit de l'oubli! Ainsi l'histoire civile, bornée d'un côté par les ténèbres d'un temps assez voisin du nôtre, ne s'étend de l'autre qu'aux petites portions de terre qu'ont occupées successivement les peuples soigneux de leur mémoire, au lieu que l'histoire naturelle embrasse également tous les espaces, tous les temps, et n'a d'autres limites que celles de l'univers.

Directeur de l'Académie, il était toujours prêt à répondre,

___

1. Conversation de Rivarol avec Chênedollé, citée par Sainte-Beuve, *Chateaubriand et son groupe littéraire*, t. II, p. 165.

presque à l'improviste, aux collègues qu'il était chargé de recevoir : « Eh bien! disait-il à Diderot, je les louerai, je les louerai bien, et l'on m'applaudira. Est-ce que l'homme éloquent trouve quelque sujet stérile[1]? » Cette éloquence innée, il la portera dans la science. De là cette préoccupation de l'idée générale, du trait dominant. De là cette gravité jamais démentie, cette chaleur égale et persuasive. Dès lors s'explique la contradiction entre son souci de la forme et son dédain des questions oiseuses de la grammaire. Qu'importent les archaïsmes et les néologismes, les incorrections même? Le grand point, c'est de rendre exactement et fortement la pensée. Toujours occupée de mots, la grammaire sert à faire les livres « qui n'expriment rien, quoique très correctement écrits[2] ». Mme Necker assure qu'il ne pouvait rendre raison d'aucune des règles de la langue. En tout cas, il est l'opposé d'un grammairien et d'un puriste. Seul, je crois, entre les critiques, Vinet l'a remarqué avec netteté :

L'extrême attention que Buffon donnait à son style n'était pas précisément grammaticale : *on s'étonne de rencontrer chez l'un de nos plus parfaits écrivains plus de constructions brisées que chez aucun autre; son attention portait sur le rapport de l'expression avec l'idée. Les articulations de la phrase arrêtaient moins son regard que la cohésion logique de ses parties et sa correction substantielle.* La phrase de Buffon, riche et touffue, semble avoir crû d'un seul jet dans son esprit, tant les détails se serrent contre l'idée principale, tant l'idée principale embrasse avec force les accessoires, tant est sensible l'unité de pensée et d'effet. Ce caractère du style de Buffon ne se borne pas à la phrase : la même unité lie les phrases dans le paragraphe et le paragraphe dans le discours. Aucun écrivain n'est plus compact; aucun pourtant n'est moins dur, n'est plus abondant. Les disconvenances grammaticales qu'il offre çà et là sont peut-être un témoignage de sa préoccupation pour un style solide et plein : *l'écrivain aime mieux briser sa phrase que sa pensée,* ou plutôt, sans qu'il s'en aperçoive, le large flot de sa phrase emporte ou surmonte les règles d'une syntaxe commune.

On aurait tort de croire qu'il se serve exclusivement de la période. Malesherbes jeune écrivait, au milieu du siècle : « Les

1. Lettre de Diderot à Mlle Vollan, déc. 1760.
2. Lettre à M. Lambert, mai 1787. Buffon avait écrit à Mme de Genlis, le 21 mars 1787 : « Lorsque vous avez peint certains prétendus philosophes, vous n'avez pas *échappé un seul des traits* qui les caractérisent. » Cette lettre fit grand bruit dans le monde philosophique. Un M. Lambert, maître des requêtes, avait parié que la tournure employée par Buffon était correcte, et il avait perdu son pari. Buffon lui écrit : « Un verbe neutre peut quelquefois devenir actif, surtout quand il sert à bien exprimer une pensée... Il est toujours dangereux de plaider devant des juges pour qui la forme est tout et le fond très peu de chose. » Depuis, le *Dictionnaire* de l'Académie lui a donné raison, et M. Littré cite des exemples analogues de Mme de Sévigné et de Bossuet.

phrases détachées et le style coupé dont M. de Buffon se sert
ici sont actuellement à la mode[1]. » Si, de préférence, il emploie
la phrase périodique, c'est qu'elle se prête mieux au groupe-
ment hiérarchique des idées. Mais la forme de la phrase n'est
déterminée que par la convenance à la nature du sujet.

En même temps que l'orateur construit la phrase, le poète
la colore. Le grand coloriste — c'est ainsi que l'appelaient ses
contemporains — croit que la prose, plus libre que la poésie,
est plus capable de rivaliser avec la peinture. Il reprochait aux
poètes du temps de sacrifier aux exigences de la rime la propriété de l'expression et de ne pas savoir peindre la nature[2].
Ces « poètes sans poésie », il a le droit de ne pas les épargner,
car il est plus poète qu'eux. Aussi Voltaire, Thomas, Marmontel, lui reprochent à l'envi d'être poète en prose et lui accor-
dent ironiquement une place distinguée parmi les poètes du
genre descriptif. Grimm, qui se tient lui-même en garde contre
la poésie séduisante de ce style, nous épargne le soin de répondre à ces critiques en s'écriant : « Si des gens d'un goût sévère
lui reprochent un peu trop de poésie dans son style, il faut
convenir que ces défauts se pardonnent bien plus aisément que
la sécheresse et la pauvreté qu'on remarque dans d'autres ouvrages philosophiques de notre temps. » Nos critiques ne plai-
dent même plus les circonstances atténuantes. « Le génie de
Buffon, dit Sainte-Beuve, participe du poète autant que du philosophe : il confond et réunit les deux caractères en lui, comme
cela s'était vu aux époques primitives... La partie systématique
chez lui avait surtout le caractère poétique le plus élevé. » — « Il
est le plus grand poète du xviiᵉ siècle, » dit à son tour M. Faguet, car, seul en ce siècle, il a « le grand sentiment de la nature », une sorte de naturalisme tout antique. La poésie chez lui
fleurit comme d'elle-même des choses. Son style, comme celui de tous les vrais poètes, n'impose pas aux objets les plus
divers une teinte uniforme; il prend la couleur même du sujet,
tantôt riche en métaphores, en rapprochements de mots hardis,
lorsqu'il peint les savanes du nouveau monde, où fourmille
la vie; tantôt volontairement triste et nu, lorsqu'il décrit les
derniers vestiges de la nature mourante, dans le silence éter-

----

1. *Observations sur l'histoire générale et particulière de Buffon et de Daubenton.*
Ce livre, écrit en 1750, ne fut publié qu'en 1798. Malesherbes y défend contre
Buffon la méthode de Linné.
2. Lettre à de Brosses, 12 mai 1770, sur Saint-Lambert. Voyez, sur Delille et
Roucher, la lettre à Mᵐᵉ Necker, 16 juillet 1782.

nel du pôle[1]; tantôt enfin saisissante, lorsqu'elle nous fait exister et presque participer à la misère des premiers hommes :

Les premiers hommes, témoins des mouvements convulsifs de la terre encore récents et très fréquents, n'ayant que les montagnes pour asiles contre les inondations, chassés souvent de ces mêmes asiles par le feu des volcans, tremblants sur une terre qui tremblait sous leurs pieds, *nus d'esprit et de corps*, exposés aux injures de tous les éléments, victimes de la fureur des animaux féroces, dont ils ne pouvaient éviter de devenir la proie; tous également pénétrés du sentiment commun d'une terreur funeste, tous également pressés par la nécessité, n'ont-ils pas très promptement cherché à se réunir, d'abord pour se défendre par le nombre, ensuite pour s'aider et travailler de concert à se faire un domicile et des armes[2]?

Sans aller jusqu'à soutenir, avec Mme de Genlis, que la langue de Buffon soit plus variée que celle de Voltaire, on peut juger qu'elle est plus colorée, et que Rousseau, mieux fait pour comprendre l'historien de la nature, ne se trompait pas en disant de lui qu'il est la belle plume du siècle. Dans certaines descriptions des *Oiseaux*, Rivarol admirait une mélancolie d'expression qui tempère heureusement l'éclat des images. En d'autres, il eût pu admirer la grâce légère, la finesse de touche, la souplesse de ton, qui démentent la prétendue solennité uniforme dont le préjugé persiste à revêtir l'*Histoire naturelle*.

De tous les êtres animés, voici le plus élégant pour la forme et le plus brillant pour les couleurs. Les pierres et les métaux polis par notre art ne sont pas comparables à ce bijou de la nature : elle l'a placé, dans l'ordre des oiseaux, au dernier degré de l'échelle de grandeur, *maxime miranda in minimis*. Son chef-d'œuvre est le petit oiseau-mouche; elle l'a comblé de tous les dons qu'elle n'a fait que partager aux autres oiseaux : légèreté, rapidité, prestesse, grâce et riche parure, tout appartient à ce petit favori. L'émeraude, le rubis, la topaze, brillent sur ses habits; il ne les souille jamais de la poussière de la terre, et, dans sa vie toute aérienne, on le voit à peine toucher le gazon par instants; il est toujours en l'air, volant de fleurs en fleurs; il a leur fraîcheur comme il a leur éclat; il vit de leur nectar et n'habite que les climats où sans cesse elles se renouvellent...

Pour le volume, les petites espèces de ces oiseaux sont au-dessous de la grande mouche asile (le *taon*) pour la grandeur, et du bourdon pour la grosseur. Leur bec est une aiguille fine, et leur langue un fil délié; leurs petits yeux noirs ne paraissent que deux points brillants; les plumes de leurs ailes sont si délicates qu'elles en paraissent transparentes; à peine aperçoit-on leurs pieds, tant ils sont courts et menus; ils en font peu d'usage, ils ne se posent que pour passer la nuit, et se laissent pendant le jour emporter dans les airs; leur vol est continu, bourdonnant et rapide. Marcgrave compare le bruit de leurs ailes à celui d'un rouet. Leur battement est si vif, que l'oiseau s'arrêtant dans les airs paraît non seulement immobile, mais tout à fait sans action. On le voit s'arrêter ainsi quelques instants devant une fleur, et partir

1. *Oiseaux : le Kamichi. — Oiseaux aquatiques.*
2. *Epoques de la nature*, vii.

comme un trait pour aller à une autre. Il les visite toutes, plongeant sa petite langue dans leur sein, les flattant de ses ailes, sans jamais s'y fixer, mais aussi sans les quitter jamais...

Rien n'égale la vivacité de ces petits oiseaux, si ce n'est leur courage, ou plutôt leur audace; on les voit poursuivre avec furie des oiseaux vingt fois plus gros qu'eux, s'attacher à leur corps, et, se laissant emporter par leur vol, les becqueter à coups redoublés, jusqu'à ce qu'ils aient assouvi leur petite colère; quelquefois même ils se livrent entre eux de très vifs combats. L'impatience paraît être leur âme : s'ils s'approchent d'une fleur, et qu'ils la trouvent fanée, ils lui arrachent les pétales avec une précipitation qui marque leur dépit. Ils n'ont point d'autre voix qu'un petit cri, *screp, screp,* fréquent et répété; ils le font entendre dans les bois dès l'aurore, jusqu'à ce qu'aux premiers rayons du soleil tous prennent l'essor et se dispersent dans les campagnes.

Depuis les oiseaux de nos climats, le rossignol, chantre des bois, le serin, musicien de la chambre, le rouge-gorge, compagnon fidèle du bûcheron, jusqu'aux oiseaux étrangers, sur le plumage desquels la nature semble avoir épuisé ses pinceaux, et dont les nids pendent aux lianes, bercés au gré des vents, quelle variété inépuisable de ressources! Quand on suit, avec Buffon, bien loin de la motte de terre où les êtres lourds et rampants sont attachés, au-dessus de tous les orages, le vol de ces êtres ailés que la nature paraît avoir produits dans sa gaieté, quand on entend leur chant, dont Buffon, après Aristophane, essaye de noter les intonations musicales, on pense, malgré soi, non seulement à l'étincelante fantaisie du poëte grec, mais aux peintures plus modernes d'un écrivain qui, lui aussi, a porté la poésie dans la science, comme il l'avait portée dans l'histoire, de l'auteur de l'*Oiseau,* de Jules Michelet. Faut-il blâmer Buffon d'avoir confondu les genres, ou plutôt ne faut-il pas avouer que, s'il a mis la poésie dans la science, c'est que la science peut et doit avoir sa poésie?

VI

Conclusion générale sur Buffon.

Buffon vit surtout par le style, mais ce n'est point par là seulement qu'il vit. Il y a plus de soixante ans déjà, Geoffroy-Saint-Hilaire déclarait qu'aujourd'hui Buffon littérateur devait céder le pas à Buffon savant. « La beauté de son style, écrivait-il[1], n'était et ne pouvait être que la conséquence néces-

1. *Fragments biographiques;* 1838.

saire de la grandeur de ses conceptions. Ce sont ses pensées, s'exaltant et croissant comme le sujet de ses études, qui forment toute l'essence de Buffon, et qui ainsi deviennent le *style-Buffon*. Ses qualités de grand écrivain et ses qualités de grand penseur sont liées intimement et pour ainsi dire se confondent. »

Le fond est donc inséparable de la forme; l'écrivain ne peut s'isoler du savant, qui maintient entière la dignité de la science exacte, et lui prête une grandeur ornée, mais toujours sévère, qu'elle ne connaissait pas. Quelques-uns de ses collaborateurs ont cru lui avoir dérobé le secret de son style, et l'on dit que parfois les contemporains s'y sont trompés. Mais ils n'en avaient pris que les procédés extérieurs, et leur imitation nous semble une parodie. « On cherche en vain, disait Buffon[1], à imiter le style d'un grand écrivain, on ne peut y réussir; car on n'est éloquent que par l'âme, et mettre de l'âme dans une phrase, c'est être soi et non pas un autre. » Si donc ces pages, déjà vieilles d'un siècle, semblent encore vivantes, c'est que Buffon y a mis son âme. Dans ce cadre immense, fait pour que la nature y pût tenir, apparaît la noble figure non seulement d'un savant, mais d'un homme. On le sent là tout entier, avec ses ardeurs presque juvéniles, avec sa persévérance obstinée. Jamais il ne se met lui-même en scène : s'il parle de lui, c'est pour parler de son œuvre, pour regretter que la fatigue et la vieillesse soient venues sitôt l'interrompre. Cette œuvre démesurée, toujours il l'envisage avec une résolution sereine. Loin d'en réduire les proportions, à mesure qu'il avance en âge, il semble qu'il prenne plaisir à les élargir encore. Son regard ne cesse d'embrasser l'*Histoire naturelle* dans son étendue sans limites[2], « tous les espaces, tous les temps ».

Aussi a-t-il fondé non seulement la partie historique et descriptive, mais encore la philosophie de la science. Avant lui, tous les écrivains du xviiᵉ siècle, philosophes, historiens, poètes, avaient étudié l'homme en lui-même, avaient analysé le développement de ses facultés intérieures. Buffon renouvela cette étude en considérant l'homme non plus isolément, mais dans ses rapports avec la nature, dont il est l'esclave et le maître. Son génie est de la même famille que celui de Descartes et de Bossuet; après le *Discours sur la méthode* et le *Discours sur l'histoire universelle* devait venir le *Discours sur la nature*.

1. Mᵐᵉ Necker, *Nouveaux Mélanges*.
2. Préambule des *Époques de la nature*.

BIBLIOGRAPHIE [1]

TEXTES

OEuvres complètes, édit. Cuvier, 1825-1831, 42 vol. in-8°.; édit. Flourens, 1853-55, 12 vol., Garnier. — OEuvres choisies, édit. F. Hémon (Delagrave), précédées de l'*Éloge* couronné par l'Académie en 1878 ; édit. Humbert (Garnier). — *Époques de la nature,* édit. Picard (Garnier).

LIVRES

Voltaire. — *Dissertation sur les changements arrivés dans notre globe* (1746). — *La Défense de mon oncle* (1767), ch. xix. — *Des Singularités de la nature, par un académicien de Londres, de Bologne, de Pétersbourg, de Berlin, etc.* (1768), ch. xi. — *Les Colimaçons du R. P. l'Escarbotier* (1768), 3e lettre. — *Dialogues d'Evhémère* (1777). — *Cf.* édit. Beuchot, Garnier, in-8°, t. XXVI, 405-409; XXVII, 140-155, 220-222; XXX, 510-519; XLIX, 117 sqq.

Grimm. — *Correspondance littéraire;* Garnier, in-8°; t. 1er, 326-344; II, 261, 275-279, 285-291; III, 112-113, 301-305; IV, 131-134, 136-139; V, 55-59; VI, 22-29; XII, 237-241; XV, 362-366.

Lamoignon-Malesherbes. — *Observations sur l'Histoire naturelle générale et particulière de Buffon et Daubenton;* 1798, 2 vol. in-4° (livre posthume écrit en 1750).

Mme Necker. — *Mélanges inédits extraits des papiers de Mme Necker;* Paris, an VI (1798), 3 vol.

Hérault de Séchelles. — *Voyage à Montbard;* Paris, Solvet, an IX (1801).

Vicq-d'Azyr. — *OEuvres;* édit. Moreau de la Sarthe; Paris, an XIII (1805), 6 in-8°; t. 1er, p. 6 à 107.

Condorcet. — *Éloge de M. de Buffon;* 1790, in-12. — *OEuvres;* édit. Arago, 1847-1849, t. III.

La Harpe. — *Cours de littérature;* ch. 1er, section 3.

G. Cuvier. — *Recueil des éloges historiques;* Strasbourg et Paris, 1819 et 1827, 3 vol. in-8°. — *Éloges historiques;* édit. Flourens, in-8°, 1860; et *Biographie universelle,* art. Buffon.

De Barante. — *Tableau de la littérature française au dix-huitième siècle;* Didier.

---

1. Voir la Bibliographie détaillée qui suit notre étude sur Buffon dans le t. VI de *l'Histoire de la langue et de la littérature française* de M. Petit de Julleville; Colin.

Geoffroy-Saint-Hilaire (Étienne). — *Fragments biographiques :* précédés d'une étude sur la vie, les ouvrages et les doctrines de Buffon ; Paris, Pillot, 1838, in-8° ; p. 1-102 (réimprimé dans l'édition des OEuvres, Pillot, 1807).

— *Encyclopédie nouvelle*, art. Buffon.

Geoffroy-Saint-Hilaire (Isidore). — *Histoire naturelle générale des règnes organiques :* t. 1er, Introduction historique, section 3 ; Masson, in-8°, 1854.

Villemain. — *Tableau de la littérature au dix-huitième siècle ;* in-8°, nouvelle édition, 1854, Didier ; 22° leçon.

Flourens. — *Buffon ; Histoire de ses travaux et de ses idées ;* Paulin, 1844, in-12 ; Hachette, 1850, 2° édit.

— *Des Manuscrits de Buffon ;* 1860, in-12.

Th. Foisset. — *Le Président de Brosses ;* Paris, Olivier-Fulgence, in-8°, 1842.

Sainte-Beuve. — *Causeries du lundi ;* in-12, Garnier ; IV, 347-368 ; X, 55-73 ; XIV, 320-337.

Henri Martin. — *Histoire de France ;* 1853 ; t. XVIII, 247-272.

Nadault de Buffon. — *Montbard et Buffon ;* 1855, in-8°.

— *Buffon, sa Famille, ses Collaborateurs ;* 1863, in-8° (Mémoires du secrétaire Humbert Bazile).

— *Correspondance inédite de Buffon ;* Hachette, 1860, in-8°, 2 vol.

Vinet. — *Histoire de la littérature française au dix-huitième siècle ;* in-12, Sandoz et Fischbacher ; 2° édit., t. II, p. 149 à 172.

Nisard. — *Histoire de la littérature française ;* Didot ; t. IV, 9° édit., 1882, ch. iii et x.

Sayous. — *Le Dix-Huitième Siècle à l'étranger ;* Amyot, 1861.

Géruzez. — *Mélanges et Pensées ;* Hachette, 1866, p. 103 à 121.

De Quatrefages. — *Ch. Darwin et ses Précurseurs français ;* 1870, in-8°.

Martha. — *Le Poème de Lucrèce ;* Hachette, ch. viii.

Montégut. — *Revue des Deux Mondes*, 15 mars 1872. — Cf. *Souvenirs de Bourgogne ;* 1874.

Albert Lemoine. — Art. Buffon dans le *Dictionnaire des sciences philosophiques ;* 2° édit., 1778, Hachette ; p. 219-221.

G. Boissier. — *Le Président de Brosses (Revue des Deux Mondes*, 15 décembre 1873).

F. Hémon. — *Études littéraires et morales ;* Delagrave, in-12, 1895 ; p. 1.

— *Buffon,* t. VI de l'*Histoire de la littérature française*, collect. Petit de Julleville ; in-8°, Colin.

Michaut (N.). — *Éloge de Buffon ;* in-12, Hachette, 1878.

D'Haussonville. — *Le Salon de Mme Necker ;* Paris, 1882.

Krantz. — *Essai sur l'esthétique de Descartes ;* in-8°, Germer-Baillière, 1882 ; l. V, ch. v.

Nourrisson. — *Philosophie de la nature : Bacon, Boyle, Toland, Buffon ;* in-12, Perrin, 1887 ; p. 202-263.

Brunetière. — *Études critiques ;* Hachette, I, 264-265 ; IV, 175-244 ; V, 263 ; VI, 256-257.

BRUNETIÈRE. — *Revue des Deux Mondes*, 15 sept. 1888, 15 oct. 1889 ; p. 872.
— *Nouvelles Questions de critique* ; Calmann-Lévy, 1890 ; p. 127-153.
— *Manuel de l'histoire de la littérature française* ; Delagrave, in-8°,
  372-379.
LEBASTEUR. — *Buffon* ; in-8°, Lecène, 1889.
FAGUET. — *Dix-Huitième Siècle* : Lecène, in-12, 1890 ; p. 409-468.
LANSON. — *Histoire de la littérature française* ; Hachette ; 5ᵉ partie,
  l. IV, ch. III.
P. ALBERT. — *Histoire de la littérature française au dix-huitième siè-
  cle* ; Hachette ; 290-311.
DE LANESSAN. — Introduction du t. Iᵉʳ de la grande édition Abel
  Pilon, 1883.
MERLET ET LINTILHAC. — *Études littéraires sur les classiques français* ;
  Hachette, in-12, 1894 ; p. 498-519.
PERRIER (Edmond). — *La Philosophie zoologique avant Darwin*, ch. VIII ;
  Alcan, 1884, in-8° ; ch. VIII.

JUGEMENTS

I

Dans ses descriptions, M. de Buffon cherche toujours ce qu'il y a de plus particulier dans le caractère des animaux; il le fait ressortir, et chacun de ses portraits a de la physionomie; il y mêle toujours quelque allusion à l'homme, et l'homme, qui se cherche dans tout, lit avec plus d'intérêt l'histoire de ces êtres dans lesquels il retrouve ses passions, ses qualités et ses faiblesses. »

SAINT-LAMBERT, *Réponse au discours de Vicq-d'Azyr,*
11 déc. 1788.

II

Heureux le philosophe systématique à qui la nature aura donné, comme autrefois à Épicure, à Lucrèce, à Aristote, à Platon, une imagination forte, une grande éloquence, l'art de présenter ses idées sous des images frappantes et sublimes! L'édifice qu'il aura construit pourra tomber un jour; mais sa statue restera debout au milieu des ruines, et la pierre qui se détachera de la montagne ne la brisera point, parce que ses pieds ne sont pas d'argile.   DIDEROT.

III

Une si longue suite de descriptions semblait devoir être monotone et ne pouvoir intéresser que les savants. Mais le talent a su triompher de ces obstacles. Esclaves ou ennemis de l'homme, destinés à sa nourriture ou n'étant pour lui qu'un spectacle, sous le pinceau de Buffon, excitent alternativement la terreur, l'intérêt, la pitié ou la curiosité. Le peintre philosophe n'en appelle aucun sur cette scène toujours attachante, toujours animée, sans marquer la place qu'il occupe dans l'univers, sans montrer ses rapports avec nous.

CONDORCET, *Éloge de Buffon.*

IV

Lorsqu'on jette un coup d'œil général sur M. de Buffon, on ne sait ce qu'on doit le plus admirer dans une entreprise si étendue, ou de la vigueur de son esprit, qui ne se fatigua jamais, ou de la perfection soutenue de son travail, qui ne s'est point démentie, ou de la variété de son savoir, que chaque jour il augmentait par l'étude. Il excella surtout dans l'art de généraliser ses idées et d'enchaîner ses observations. Souvent, après avoir recueilli des faits jusqu'alors isolés et stériles, il s'élève et il arrive aux résultats les plus inattendus. En le suivant, les rapports naissent de toutes parts.

VICQ-D'AZYR, *Discours de réception à l'Académie,*
11 déc. 1788.

V

« On a dit souvent que M. de Buffon avait dénaturé la prose, en lui prêtant mal à propos le langage de la poésie. Ce reproche éternel d'écrire poétiquement un ouvrage en prose sur la physique est fait pour séduire au premier abord; mais il faut commencer par écarter ce mot *poétiquement,* qui ne peut qu'embrouiller les idées. La question se réduit à savoir si l'on a tort d'employer un style très élevé quand on écrit sur la physique. Ces mots expriment encore une idée très générale, puisque la physique embrasse une infinité de parties, et chacune de ses parties une infinité de détails, dont la variété demande nécessairement plusieurs styles. Un écrivain qui s'élève ou qui s'abaisse avec son sujet ne mérite que des louanges. On doit le blâmer quand il n'y a point de proportion entre son style et le sujet qu'il traite. Ces principes une fois posés, il faut examiner si M. de Buffon s'est exprimé pompeusement dans les endroits qui ne demandaient que de la simplicité. Il faut examiner s'il a écrit l'*Histoire du singe* ou *du chien* du même ton que l'*Histoire de l'homme,* la *Théorie de la terre,* les *Époques de la nature,* et tout ce qui tient aux causes premières.

M.-J. CHÉNIER, *Lettre aux auteurs du* Journal de Paris.

VI

Le style de Buffon est d'une perfection rare. Pour garder aussi bien les convenances, pour n'être jamais ni trop haut ni trop bas, il faut avoir soi-même beaucoup de mesure dans l'esprit et dans la conduite.

CHATEAUBRIAND, Génie du christianisme.

VII

Je laisse aux savants à examiner ce que Buffon a été dans la science; mais on convient qu'il en a embelli la langue; et ses hypothèses, qui depuis longtemps ne séduisent plus personne, n'ôtent rien au mérite de son style, qui, dans la partie descriptive et historique de ses ouvrages, a toujours charmé ses lecteurs, dont la plupart ne peuvent guère savoir, ou même s'embarrassent peu s'il les a trompés. Il est du petit nombre des écrivains originaux qui ont donné à l'idiome qu'ils maniaient le caractère de leur génie, en même temps qu'ils l'appropriaient à des sujets nouveaux. Beaucoup d'auteurs avaient écrit sur la physique; mais Buffon fut le premier qui, des immenses richesses de cette science, ait fait celles de la langue française, sans corrompre ou dénaturer ni l'un ni l'autre. Son livre est, en ce genre, un trésor de beautés inconnues avant lui. Il y règne un ton d'élévation soutenue. Sa phrase a du nombre, et son expression a de la force. Ce sont là les qualités de son talent, auquel il n'a manqué, ce me semble, qu'un peu plus de souplesse et de flexibilité,

LA HARPE, Cours de littérature, Dix-huitième siècle,
Philosophie, chap. 1er, sect. 3.

VIII

Buffon, écrivain grave et élevé, embrassant à la fois le monde planétaire et l'organisme animal, les phénomènes de la lumière et ceux du magnétisme, a été, dans ses expériences physiques, plus au fond des choses que ne le soupçonnaient ses contemporains.

HUMBOLDT, Cosmos.

IX

L'histoire naturelle écrite par Fénelon serait préférable du côté du style, et infiniment du côté des pensées, à celle de Buf-

fon. C'était là la couleur convenable : la différence de la noblesse et de la majesté ; la noblesse est une majesté plus naturelle... Après avoir lu *du Chien, du Chat,* et un discours généra
sur les animaux sauvages, nous pensons que le style de Buffon
n'admet ni le doux ni le comique, qu'il ne regarde en tout que
l'utilité à nos intérêts, pour ainsi dire, pécuniaires. Le bonheur
du sentiment semble ne point exister pour Buffon ; il est sec et
tendu ; il vise à la majesté : c'est le style qui conviendrait à un
gouvernement. Nous ne voyons rien à imiter en lui ; nous
croyons même que, pour écrire l'histoire naturelle, le ton doux,
tendre, touchant, d'un bon Allemand, vaudrait mieux que celui de Buffon.

Stendhal, Racine et Shakespeare[1].

X

L'histoire des travaux de Buffon touche partout à l'histoire
des travaux de Cuvier ; ces grands travaux lient deux siècles.
Buffon devine, Cuvier démontre ; l'un a le génie des vues ; l'autre
se donne la force des faits ; les prévisions de l'un deviennent les
découvertes de l'autre. Et quelles découvertes ! les âges du
monde marqués ; la succession des êtres prouvée ; les temps
antiques restitués ; les populations éteintes du globe rendues
à notre imagination étonnée. Les travaux de Buffon et de Cuvier
sont, pour l'esprit humain, la date d'une grandeur nouvelle...
Son véritable titre est d'avoir fondé la partie historique et descriptive de la science. Et ici il a deux mérites pour lesquels il
n'a été égalé par personne. Il a eu le mérite de porter le premier
la critique dans l'histoire naturelle, et le talent de transformer
les descriptions en peintures. Il ne se borne plus à compiler,
comme on faisait avant lui, il juge ; il ne décrit pas, il peint...
Buffon est grand même par ses systèmes ; car, à tout prendre,
j'aime mieux une conjecture qui élève mon esprit, qu'un fait
exact qui le laisse à terre, et j'appellerai toujours grande la
pensée qui me fait penser. C'est là le génie de Buffon et le secret de sa puissance : c'est qu'il a une force qui se communique ;
c'est qu'il ose, et qu'il inspire à son lecteur quelque chose de sa
hardiesse ; c'est qu'il met partout sous mes yeux le courage des
grands efforts et qu'il me le donne.

Flourens, Histoire de la vie et des ouvrages
de Buffon ; Garnier.

---

1. On a donné ce jugement à titre de curiosité.

XI

Le génie de Buffon avait plus d'un rapport avec celui qui animait les philosophes de la Grèce, dont l'imagination était si vive et si hardie. Il s'indigna contre ceux qui voulaient faire de l'histoire de la nature une simple nomenclature, un recueil de faits, unis entre eux par des liens artificiels. La chaleur de son esprit s'appliqua à pénétrer tout d'un coup dans les principes de la nature, pour révéler son secret, et aussi à la présenter sous ses rapports pittoresques. Tel est le double emploi que Buffon a fait de son éloquence...

Après Buffon, les sciences commencèrent à s'éloigner des voies qu'il avait suivies. Elles entrèrent sous la domination presque absolue de l'expérience ; elles perdirent le caractère contemplatif, pour acquérir le caractère de l'observation raisonnée... Mais ce n'est point une raison pour dédaigner l'aspect sous lequel Buffon a envisagé la science, et pour le réduire à la gloire si grande encore d'écrivain éloquent et de peintre inimitable. Le désir d'expliquer, la curiosité des causes, l'amour des théories générales, sont l'aliment premier et nécessaire des sciences ; c'est parce qu'on espère révéler quelque grand secret de la nature, qu'on ressent de l'ardeur à en connaître les détails ; cet espoir soutient l'émulation. Si se passionner pour une hypothèse nuit à l'observation, désespérer de former un système nuit bien davantage encore, puisque par là on perd le courage d'observer les faits, et aussi le moyen de les lier entre eux. Si donc on décrie sans cesse l'esprit de théorie, si l'on est armé de ridicule et de mépris contre celui qui exerce son imagination en même temps que sa faculté d'observer, on détruira le germe et le principe de chaleur qui fait vivre les sciences.

De Barante, de la Littérature française pendant
le dix-huitième siècle ; Didier.

XII

On cite chez lui quelques exemples charmants d'une langue neuve et véritablement trouvée, mais ils sont rares. La grande beauté chez Buffon consiste plutôt dans la suite et la plénitude du courant. Son expression, du moins, n'a jamais ce tourment ni cette inquiétude qui accompagne chez d'autres l'extrême désir de la nouveauté. Elle offre, dans certains coins de tableaux, de ces grâces légères qui me touchent plus que les endroits plus souvent cités. Par exemple, parlant du cerf : « Le cerf, dit-il, paraît avoir l'œil bon, l'odorat exquis et l'oreille excellente. Lorsqu'il veut écouter, il lève la tête, dresse les oreilles, et alors il entend de fort loin ; *lorsqu'il sort dans un petit taillis ou dans quelque autre endroit à demi découvert, il s'arrête pour regarder de tous côtés, et cherche ensuite le dessous du vent, pour sentir s'il n'y a pas quelqu'un qui puisse l'inquiéter.* » Quel tableau léger, dessiné en trois lignes, et tranquillement complet! Ainsi, parlant de la fauvette babillarde, de cet oiseau au caractère craintif et si prompt à s'effrayer, il dira : « Mais, l'instant du péril passé, tout est oublié, et, le moment d'après, notre fauvette reprend sa gaieté, ses mouvements et son chant. *C'est des rameaux les plus touffus qu'elle le fait entendre: elle s'y tient ordinairement couverte, ne se montre que par instants au bord des buissons, et rentre vite à l'intérieur, surtout pendant la chaleur du jour. Le matin, on la voit recueillir la rosée, et, après ces courtes pluies qui tombent dans les jours d'été, courir sur les feuilles mouillées, et se baigner dans les gouttes qu'elle secoue du feuillage.* » C'est dans ces parties fines et transparentes que Buffon se rejoint comme peintre à Bernardin de Saint-Pierre, lequel apportera de plus, dans ces scènes de la nature, un rayon de lune, une demi-teinte de mélancolie.

En général, Buffon peint la nature sous tous les points de vue qui peuvent élever l'âme, qui peuvent l'agrandir, la rasséréner et la calmer; il aime, d'un mot, à tout ramener à l'homme; il a de la volupté souvent dans le pinceau, mais il n'a pas cette sensibilité où Rousseau et d'autres excelleront : Buffon est un génie qui manque d'attendrissement.

Montesquieu vieillissant était fatigué et le paraissait : Buffon ne l'était pas. Une comparaison de Buffon avec Montesquieu serait féconde, et achèverait de préciser et de définir les traits caractéristiques de sa forme de nature et de son procédé de talent. Buffon reconnaissait à Montesquieu du génie, mais il lui contestait le style : il trouvait, surtout dans l'*Esprit des lois*, trop de sections, de divisions, et ce défaut qu'il reprochait à la pensée générale du livre, il le retrouvait encore dans le détail des pensées et des phrases; il y reprenait la façon trop aiguisée et le trop peu de liant : « Je l'ai beaucoup connu, disait Buffon de Montesquieu, et ce défaut tenait à son physique. Le président était presque aveugle, et il était si vif que, la plupart du

temps, il oubliait ce qu'il voulait dicter, en sorte qu'il était
obligé de se resserrer dans le moindre espace possible. » C'est
ainsi qu'il expliquait ce qu'il paraît y avoir parfois d'écourté
dans le langage de Montesquieu. Lui, Buffon, avait au contraire la faculté de retenir de mémoire ses vastes écrits, et il
se les déployait ensuite à volonté, dans toute l'étendue de la
trame, tant pour la pensée que pour l'expression.

SAINTE-BEUVE, *Causeries du lundi*, t. IV ; Garnier.

XIII

Buffon est peu lu aujourd'hui, sauf dans la partie du public
éclairé qui s'occupe d'études scientifiques; ce qu'en connais-
sent la plupart des lettrés, ce sont quelques grands morceaux
descriptifs célèbres, comme modèles de pompe et de rhétorique
noble, quelques monographies d'animaux, telles que celles du
cheval, de l'âne, du cerf, quelques fragments des oiseaux; joi-
gnez-y, pour un petit nombre, ces admirables tableaux des *Epoques de la nature*, où Buffon a résumé avec tant d'éloquence sa
Théorie de la terre, et c'est tout. Il est rare que le lecteur moderne pousse plus loin la fréquentation de ce livre, qui eut au
siècle dernier un si prodigieux succès ; c'est un tort, car je n'en
connais pas qui récompense plus pleinement les peines de son
lecteur et dont l'étude soit plus féconde. Nul livre n'est aussi
rempli que celui-là de faits curieux, d'observations ingénieuses,
de vues fécondes, d'hypothèses de tout genre; c'est une véritable forêt vierge d'idées et de conjectures aussi variées que hardies; seulement j'ai remarqué que, faute de l'attention et de la
patience suffisantes, la plupart des lecteurs ne savaient pas
s'orienter dans cette forêt vierge de manière à rencontrer les
districts les plus intéressants sans s'égarer trop longuement.
Pour lire Buffon avec plaisir, il faut préalablement apprendre
à le lire, et pour cela une première lecture rapide est au moins
nécessaire. Ce n'est pas précisément aux monographies d'animaux qu'il faut s'adresser pour se faire une idée exacte du génie de Buffon : celles des animaux qu'il avait vus plus particulièrement sont admirables; mais en somme il n'en avait étudié
directement et minutieusement qu'un très petit nombre... A part
ces exceptions, du reste fort considérables, ce n'est pas aux descriptions mêmes des animaux qu'il faut s'adresser, dis-je, pour
prendre une idée exacte du génie de Buffon; c'est aux petites

dissertations qui les précèdent et aux observations qui les accompagnent.

Montégut, Revue des Deux Mondes, 15 mars 1872.

XIV

C'est un très grand savant. Aucune des qualités du savant ne lui a manqué, ni le goût de l'observation et la patience à observer, ni le labeur énorme, continu et tranquille, ni l'esprit d'ordre, ni la clarté, ni l'absence de passion et de parti pris, ni l'imagination scientifique, c'est-à-dire la faculté de généralisation et d'hypothèse; ni le sang-froid à ne prendre les généralisations que comme des hypothèses, et les hypothèses que comme des commodités de travail, ayant toujours un caractère provisoire et toujours destinées à être un jour abandonnées; ni la puissance de former des systèmes, ni le mépris des systèmes dès qu'ils veulent être tenus pour des dogmes inébranlables et lier l'esprit humain qui les a produits. Il était grand, et patient et humble et soumis observateur, quoi qu'on en ait dit. Comme l'attention s'est surtout portée sur son histoire des animaux et sur ses deux grandes généralisations, Théorie de la terre et Époques de la nature, on a beaucoup dit qu'il a souvent décrit sans avoir observé par lui-même, ce qui est un peu vrai pour ce qui est des animaux, et qu'il est surtout un homme à magnifiques idées générales, ce qui est vrai de ses deux Discours. Mais il faut lire son admirable minéralogie, et sa curieuse, sagace et, pour le temps, merveilleuse embryologie, pour voir à quel point il est l'homme du laboratoire, de l'observation cent fois reprise et de l'expérience cent fois répétée. Il y a telles pages qu'on pourrait intituler : « Sur la manière de se servir du microscope, » et telles autres, sur les fourneaux à grand feu, les fourneaux à feu restreint, mais activé, et les miroirs ardents, qui font aimer le grand homme appliqué et pratique, qui le montrent sachant son métier et le faisant de près avec toute la patience minutieuse qu'il exige. Buffon penché, et la loupe à son œil de myope, voilà le portrait qu'on n'a pas assez fait, voilà l'attitude où l'on n'a pas suffisamment pris coutume de le voir; et ce portrait est plus intéressant et au moins aussi vrai que celui de Buffon en manchettes écrivant dans un cabinet vide.

E. Faguet, Dix-Huitième Siècle; Lecène.

XV

La doctrine classique renferme en elle-même deux contradictoires qui, longtemps cachées et conciliées par l'art merveilleux des grands écrivains du xvii° siècle, éclatent dans le *Discours sur le style* et le rendent parfois si inintelligible et si incohérent, malgré le dogmatisme soutenu du ton et la consistance apparente de la composition. D'une part, l'idéal de l'art classique est de rendre l'universel et de créer des types qui défient le temps et l'espace. De l'autre, la perfection pour l'écrivain, c'est d'exprimer sa personnalité par la marque la plus originale. Voilà donc deux éléments contraires, l'un général, l'autre particulier, qui devront se combiner pour former, par leur harmonie, la beauté parfaite. Mais faire coexister ainsi le particulier et le général dans une même œuvre, n'est-ce pas, au point de vue logique, pécher contre cette loi de l'unité qui domine l'art classique? Et de ces deux éléments l'un ne doit-il pas condamner, absorber ou s'assimiler l'autre? Pourquoi la généralité du fond n'appellerait-elle pas la généralité de la forme? Et pourquoi cette forme n'atteindrait-elle pas à son tour un « point de perfection » qui deviendrait pour elle un type unique et universel? Pourquoi enfin n'y aurait-il pas un seul style comme il y a une seule logique, et une seule langue comme il y a une seule raison? Voilà l'extrémité où l'art classique parvient et s'arrête avec Buffon. Il ne peut pas aller au delà dans cette évolution constante et progressive vers la généralité totale; son terme, et nous y sommes, c'est exprimer les pensées les plus générales par les termes les plus généraux.

Krantz, Essai sur l'esthétique de Descartes; Alcan.

XVI

Désireux de n'être point oublié par les âges futurs, Buffon songea du moins à s'assurer, par la perfection de la forme, l'immortalité à laquelle il ne pouvait aspirer pour ses théories. Il se dit que, si la science se transforme sans cesse, l'art du moins demeure. Il n'ignorait pas que le savant serait inévitablement dépassé par ses successeurs; il voulait du moins que l'écrivain défiât le temps, et que, le jour où on ne lirait plus l'*Histoire naturelle* pour s'instruire, on continuât à la lire cependant pour en goûter les mérites littéraires.

De là ce soin extrême et parfois minutieux à revoir et corriger sans cesse les détails de son style ; de là tant d'heures passées sur une page et même sur une période, ces scrupules excessifs, étonnants chez un naturaliste, pour le choix d'une épithète ou le nombre d'un membre de phrase ; de là ces délicatesses raffinées de rhéteur et de grammairien chez l'écrivain le plus viril et le plus ferme qui fut jamais. Je ne sais si ce calcul réussira ; je ne sais si la postérité éloignée, qui aura tant à faire, lira encore Buffon, lorsque la science, en profitant de ses vues justes et fortes, aura corrigé toutes les erreurs dont furent mêlées ses divinations, fécondes jusqu'en leur témérité ; mais ce que j'affirme du moins, c'est que jamais homme désireux de ne pas mourir tout entier ne fit de plus héroïques efforts pour mériter l'attention des siècles ; c'est que, pour la hauteur de la pensée, pour l'élévation morale et la mélancolique sérénité, pour la splendeur de l'imagination, il est mainte page de la prose des *Époques de la nature* qui mérite d'être mise à côté des plus beaux vers du cinquième livre de Lucrèce.

Charles Bigot, Journal officiel, 1879.

XVII

Debout est la statue de Buffon, après un siècle de secousses violentes. Quant à l'édifice qu'il a bâti, loin d'avoir été renversé par les efforts incessants du temps, il devient chaque jour plus solide, et ses diverses parties nous apparaissent d'autant plus admirables que la science en progrès les éclaire davantage.

De Lanessan, Préface de l'édit. Abel Pilon.

NARRATIONS ET DISCOURS

I

Un Italien d'un goût délicat, le prince de Gonzague, auteur d'un discours sur *l'Homme de lettres bon citoyen,* rend visite à Buffon, qui est alors dans sa terre de Montbard. On lit ensemble quelques pages nouvelles de l'*Histoire naturelle;* l'étranger admire, et s'estime heureux d'avoir pu entretenir « l'auteur du paon et le paon des auteurs ». A ce moment entre Guéneau de Montbeillard. Buffon, souriant, le prend par la main. « Mon prince, dit-il au voyageur surpris, permettez que je vous présente l'auteur du paon et le paon des auteurs. » Guéneau se récrie : il n'a été qu'un très humble auxiliaire du grand naturaliste, qui a tout conçu et tout dirigé; mais Buffon insiste et ne permet pas à son collaborateur d'amoindrir ainsi sa part. Le prince de Gonzague est charmé de la simplicité du maître et de la modestie du disciple; il leur voue à tous deux une amitié durable. On donnera pour cadre à cette scène les jardins de Montbard, où Buffon se plaît à travailler dans la solitude de sa tour.

II

Buffon mourant voulut revoir une dernière fois ce Jardin du roi qu'il avait presque créé. Soutenu par deux serviteurs, il suivit les belles allées de tilleuls plantées par lui. On était en avril. Mme Necker, qui ne le quitta guère pendant ces derniers instants, le rencontre dans cette promenade suprême. Avec une gravité douce, elle mêle à l'idée d'une mort certaine les espérances plus certaines encore de l'immortalité.

La même Mme Necker écrira plus tard, en parlant de la dernière heure de son illustre ami : « L'empreinte des plus grandes idées était sur sa physionomie, la mort et l'immortalité semblaient s'y rencontrer ensemble. »

III

En 1788, Vicq-d'Azyr remplaça Buffon à l'Académie française;

on suppose qu'il écrit à Daubenton, ancien collaborateur de Buffon, pour lui soumettre le plan et les idées générales de son discours.

Début personnel : 1° à Vicq-d'Azyr, qui, protégé et parent de Daubenton (par alliance), doit reporter à son active amitié une bonne part de son succès académique; 2° à Daubenton, que des dissentiments momentanés ont séparé de Buffon, mais qui aujourd'hui sans doute ne songe plus qu'à la perte faite par la science et la France en la personne de son illustre compatriote, et qui peut aider puissamment Vicq-d'Azyr à faire revivre la physionomie du grand naturaliste.

Savant et, comme autrefois Buffon, membre de l'Académie des sciences quatre ans avant d'entrer à l'Académie française, Vicq-d'Azyr parlera du savant, mais en se souvenant qu'il doit parler devant un auditoire de lettrés. Il rappellera surtout les grandes vues, unité des races humaines, espèces disparues, etc., il insistera sur les *Époques de la nature,* œuvre grandiose, dont on peut contester les détails, mais qui ouvre un monde nouveau à l'imagination. Il regrettera que cet amour des grandes vues ait souvent entraîné Buffon à des hypothèses aventurées, surtout qu'il lui ait inspiré le dédain de l'étude patiente et obscure, de ces petits détails que Daubenton a su approfondir; mais aussi il reconnaîtra que Buffon a ouvert le chemin : si les savants le jugent trop littérateur dans la science, la science lui doit d'être devenue populaire et accessible à tous.

Après avoir discrètement indiqué les qualités et les défauts du savant, Vicq-d'Azyr mettra en lumière les mérites de l'écrivain et rappellera le discours de réception de Buffon à l'Académie. Là, par contre, il regrettera que Buffon se soit montré trop savant dans la littérature, qu'il ait semblé avoir trop en vue son propre genre et sa propre manière d'écrire. Mais c'est un spectacle nouveau que celui d'un savant dictant les règles du bon style aux meilleurs écrivains du siècle.

Il terminera en formant le vœu que cette alliance entre les lettres et les sciences persiste et soit féconde.

IV

Daubenton, qui professait l'histoire naturelle à la première École normale, fondée par la Convention, avait été le collaborateur de Buffon, puis s'était brouillé avec lui. Il n'en continuait pas moins à parler avec respect d'un ami qui était pour lui un maître, et dont il critiquait seulement le style trop noble à son gré, le dédain excessif pour les petits détails et pour la méthode expérimentale. On suppose qu'il est amené, en parlant des grands progrès réalisés par la science au xviiie siècle, à exposer qu'elle a été en ce siècle développée et affermie, non créée, et à rendre justice aux savants trop peu connus qui ont été les précurseurs de Buffon. Pour prouver ce que nous leur devons, et sans entrer dans le détail, il fera connaître à ses auditeurs le caractère, les travaux, les vues de génie d'un seul d'entre eux, de Bernard Palissy, grand savant au moins autant que grand artiste.

LETTRES

I

Buffon avait écrit, dans son *Histoire naturelle*, que l'homme « embellit la nature même, la cultive, l'étend et la polit, en élague le chardon et la ronce, y multiplie le raisin et la rose ». Il faisait un triste tableau de la nature sauvage, « hideuse et mourante », de ces forêts vierges où les troncs des vieux arbres s'abattent et pourrissent « sur des monceaux déjà pourris », de ces marécages « qui, couverts de plantes aquatiques et fétides, ne nourrissent que des insectes vénéneux et servent de repaires aux animaux immondes », de ces savanes, où « les mauvaises herbes surmontent, étouffent les bonnes », où tout est inutile ou nuisible à l'homme, où il n'y a « nulle route, nulle communication, nul vestige d'intelligence ». Au contraire, il dépeignait avec enthousiasme l'aspect enchanteur de la nature cultivée, si « belle », si « brillante » et « pompeusement parée » par les soins de l'homme, seule « agréable et vivante ». Buffon exaltait le génie de l'homme, « roi de la terre, dont il a renouvelé la surface entière ». Il célébrait toutes ces œuvres de la civilisation, défrichements, routes, canaux, villes, destruction des espèces nuisibles, multiplication des espèces utiles, œuvres sociales et non individuelles : aussi, détestant la guerre qui divise les hommes et arrête le progrès, conviait-il toute l'humanité à s'unir en une indissoluble société pour les travaux féconds de la paix.

Vous supposerez que Jean-Jacques Rousseau, ayant lu ces pages, écrit à l'auteur (vers 1765) une lettre où, témoignant d'une sincère admiration pour l'œuvre de Buffon, il conteste la justesse de tous ces beaux développements. Faut-il tout rapporter à l'homme, à l'utilité de notre espèce, au goût de notre siècle ? Un jour viendra peut-être où tout le monde préférera, comme lui, la nature sauvage à la nature cultivée. Et, sans vouloir exposer toute sa philosophie, il ne peut s'empêcher de marquer brièvement sa défiance d'une civilisation qui est l'œuvre de la société : est-ce en la développant qu'on rendra l'homme meilleur et plus heureux? Est-ce en multipliant les richesses qu'on supprimera la guerre?

(ÉCOLE NORMALE SUPÉRIEURE. — Concours de 1893.)

II

On lit dans les *Mémoires* de Bachaumont (29 mars 1777) : « On commence à voir au Jardin du roi une statue de M. le comte de Buffon. M. le comte d'Angeviller avait demandé au feu roi la permission d'ériger une statue à ce grand homme. Sa Majesté voulut s'en réserver la gloire, et elle fut sur-le-champ commandée à ses frais. Mais en même temps il fut convenu avec l'artiste de garder à cet égard le plus grand secret. Le mystère n'a point été trahi, et le monument a été placé au lieu de sa destination en l'absence de M. de Buffon. »

Buffon, alors à Montbard, écrit à son ami le président de Ruffey (13 janvier 1777) : « Je vous remercie bien sincèrement de la part que vous avez la bonté de prendre à cette statue, que je n'ai en effet ni mendiée ni sollicitée, et qu'on m'aurait fait plus de plaisir de ne placer qu'après mon décès. J'ai toujours pensé qu'un homme sage doit plus craindre l'envie que faire cas de la gloire, et tout cela s'est fait sans qu'on m'ait consulté. »

On écrira la lettre de remerciements de Buffon au comte d'Angeviller, à qui le roi avait accordé la survivance des fonctions que Buffon remplissait au Jardin.

III

Un ami de Buffon, étonné de son long séjour en Bourgogne à un moment où le parti des philosophes et celui de leurs adversaires se livrent bataille jusque dans le sein de l'Académie, lui écrit pour l'engager à revenir à Paris, seul théâtre digne de lui. Buffon répond par un aimable refus : à un grand travail il faut une grande paix. Les querelles misérables qui divisent les salons de Paris le laissent indifférent; il entend garder cette sérénité qui est indispensable au succès de son œuvre; il pense mieux et plus facilement dans la grande élévation de la tour de Montbard, où l'air est plus pur.

IV

Buffon n'aimait pas la poésie. « J'aurais bien fait des vers tout comme un autre, disait-il; mais j'ai bientôt abandonné un genre où la raison ne porte que des fers. » Il admirait pourtant Racine, dont il se plaisait à réciter par cœur des morceaux entiers. « Avouez que c'est beau, s'écriait-il alors, et que la prose n'aurait pu faire mieux... C'est beau comme de la belle prose. » Devant la Harpe il ne craignit pas de soutenir un jour que les plus beaux vers, ceux mêmes d'*Athalie*, n'approchaient pas de la bonne prose pour la correction et l'ampleur. La Harpe n'osa pas contredire l'illustre vieillard; mais il lui écrivit le lendemain pour plaider contre lui la cause de la poésie.

V

Réponse de Buffon à Mme Necker, dont une lettre vient de lui annoncer la mort de Voltaire.

VI

C'est dans le salon de Mme Necker que Bernardin de Saint-Pierre fit une première lecture de *Paul et Virginie*. Il y était presque inconnu, et sa lecture eut peu de succès d'abord. Thomas s'endormit; Buffon n'attendit pas la fin pour se lever et partir.

Mme Necker lui écrit le lendemain pour le gronder doucement de son impatience. Elle pardonne au bon Thomas son sommeil; elle comprend moins l'indifférence de Buffon. La simplicité touchante du récit, surtout dans la première partie, a pu étonner une société raffinée et affairée, peu faite sans doute pour goûter la naïveté de la nature; mais cette idylle s'est bientôt transformée en élégie. Le naufrage et la mort de Virginie ont fait couler bien des larmes. Buffon, peintre et poète, était digne de comprendre Bernardin de Saint-Pierre, qui seul peut-être sera digne un jour de recueillir son héritage. L'auteur de *Paul et Virginie* devait, en effet, remplacer Buffon, après un court interrègne, à la direction du Jardin des Plantes.

VII

Le roi avait proposé à Buffon l'administration en chef de toutes les forêts qui composaient ses domaines; Buffon répond au roi par un remerciement et par un refus; il ne peut se résigner à quitter son cher Jardin, dont la solitude est nécessaire au grand travail qu'il poursuit.

VIII

Mme d'Épinay écrit à l'abbé Galiani, le 6 novembre 1770 :

« Vous parlerai-je du volume que Buffon vient de donner sur les oiseaux? Une ignorante, une femme, cela est bien hardi! n'importe, je vais vous dire tout bas, tout bas à l'oreille, ce que j'en pense. J'ai peur qu'il n'y ait plus de poésie que de vérité dans tout cela... Pourquoi mettre de la poésie, et faire des suppositions métaphysiques où il ne faut qu'un simple exposé des choses? Pourquoi se faire le panégyriste de chaque espèce dont il parle? On est comme on est. Il devrait montrer la chaîne des êtres depuis le marbre froid qui se forme au fond de la caverne, jusqu'au chêne qui porte sa tête dans les nues; ensuite depuis le chêne jusqu'à l'huître, et depuis l'huître parcourir tous les animaux jusqu'à l'homme, fixer la limite de chaque être, et non les faire empiéter les uns sur les autres. Si les ours et les vautours entendaient sa langue, nous ne serions pas en sûreté sur la terre. Ces contradictions apparentes ne viennent cependant que de ce qu'il a voulu faire entendre sans oser le prononcer, parce qu'il voit toujours, quand il écrit, le docteur Riballier[1] au bas de sa page, et qu'avec une telle vision il est bien difficile de faire de la besogne vraiment grande et philosophique. Ce n'en est pas moins un bien beau génie, et son éloquence est noble, simple et enchanteresse. »

On écrira la réponse de l'abbé Galiani.

IX

Mlle Philipon, plus tard Mme Roland, écrit à son amie Sophie Cannet, le 23 janvier 1776, à propos d'une des premières visites de M. Roland, alors inspecteur général du commerce et des manufactures à Amiens :

« J'ai d'abord été tentée de croire qu'il aimait le singulier dans les opinions. Un homme qui ne voit dans M. de Buffon qu'un charlatan, et qui trouve son style seulement joli; qui, regardant l'*Histoire* de l'abbé Raynal comme fort peu philosophique, prétend qu'elle est bonne à rouler sur les toilettes : un tel homme me paraissait lui-même singulier. J'ai écouté ses rai-

---

1. Syndic de la faculté de théologie et censeur royal.

sons, et comme je ne tiens à mes opinions que jusqu'à ce que j'en trouve de meilleures, j'estime un peu moins l'abbé Raynal; je me méfie de M. de Buffon; je les épluche davantage. »

Au lendemain de cet entretien, elle écrit à M. Roland pour lui exprimer à la fois sa surprise et ses doutes.

DISSERTATIONS ET LEÇONS

I

Comparer, dans le *Protagoras* de Platon et dans la septième *Époque de la nature* de Buffon, les deux théories des origines de la civilisation.

(Paris. — Leçon d'agrégation, 1886.)

II

Discuter cette opinion de Sainte-Beuve (*Lundis*, IV, 361) : « Je ne sais où l'on a pris que le style de Buffon a de l'emphase; il n'a que de la noblesse, de la dignité, une magnifique convenance, une clarté parfaite. »

(Caen. — Devoir d'agrégation de l'enseignement
moderne.)

III

Buffon peintre des animaux.

(Certificat d'aptitude a l'enseignement secondaire
spécial, juillet 1890.)

IV

Comparer la description du désert chez Buffon avec une description tirée de Pierre Loti, et essayer d'indiquer la différence entre la description au xviiiᵉ et au xixᵉ siècle.

(Toulouse, lycée de filles. — Devoir de quatrième année.)

V

En quel sens est-il juste de dire que le génie est une longue patience?

(Fontenay-aux-Roses. Devoir de littérature. — Paris. Baccalauréat, août 1895. — Alger. Baccalauréat de l'enseignement spécial, 1889.)

VI

L'amour de la nature considéré non plus chez les grands
écrivains qui ont été les peintres de la nature, mais chez ceux
qui en ont été les philosophes : les Grecs et les Romains, Bernard Palissy, Buffon. Insister sur Buffon et montrer comment
il se rattache par son naturalisme particulier à la tradition
antique.

(Fontenay-aux-Roses. — Leçon.)

Ce qui frappe tout d'abord chez Buffon : quelque chose de classique et même d'antique en plein xviiie siècle : vastes ambitions,
hypothèses; Buffon « ancien » de deux façons, et par étude et
par nature.

L'étude. Coup d'œil sur ceux des anciens qui ont étudié la
nature. Les philosophes « physiciens » primitifs, dont Buffon
raille les rêveries, et de qui il tient cependant plus qu'il ne croit
la faculté de penser en grand, d'imaginer, de conjecturer. Opposition du vrai savant, Aristote; éloge que fait Buffon de son
Histoire des animaux; il lui doit beaucoup, mais Aristote plus
que lui dédaigne les ornements. Au contraire, Lucrèce, poète
avant tout, cependant fait revivre les systèmes des anciens philosophes, traite comme eux « de la nature des choses ». La divination poétique chez Lucrèce : son 5e chant et la 7e *Epoque de
la nature,* Sénèque et ses *Questions naturelles.* Pline l'Ancien et
sa vaste compilation de l'*Histoire naturelle;* erreurs, longueurs,
puérilités, mais grandeur de l'ensemble, fierté et tristesse; vues
pessimistes; mais l'homme est mis partout au premier plan.

Pourquoi les sciences de la nature n'ont pu se développer au
moyen âge : la théologie règne, ou la science livresque tout
abstraite. Pourquoi elles se réveillent à la Renaissance, dont le
nom est une explication suffisante. Bernard Palissy; marquer
surtout deux traits en lui : le caractère, étonnant pour l'époque, de ses connaissances scientifiques; l'amour profond de la
nature qu'il porte dans la science et dans l'art. Pourquoi ce
mouvement ne se continue pas au xviie et au xviiie siècle. Ne
pas oublier cependant Descartes et Fontenelle, et opposer au
grave philosophe qui a été aussi physicien (les tourbillons, par
exemple, hypothèse erronée qui conduit à la découverte de
Newton) le philosophe mondain qui, selon le mot de Sainte-

Beuve, vous enjole à la vérité. Fontenelle et l'astronomie ; Réaumur et les insectes. Ce qui manque au premier : le sérieux ; au second : les vues d'ensemble. Buffon aura ce qui leur manque.

Vue générale de l'œuvre de Buffon : par où il débute : *Théorie de la terre*. Par où il termine : *Époques de la nature*. Son goût pour les systèmes, même hasardés, pourvu qu'ils soient grands. La philosophie et sa religion : Dieu, la nature, l'homme ; froideur relative du sentiment religieux, mais naturalisme ample et profond, à l'antique, avec cette différence que l'homme est ici le maître de la nature. Le savant (nécessairement incomplet), le philosophe (en quoi il se sépare de son siècle et par où il s'y rattache), le poète : insister sur le mélange de la philosophie et de la poésie, tout nouveau alors, et cependant tout antique. Préciser ce qu'il doit aux anciens, aux physiciens primitifs, la hardiesse des hypothèses ; à Aristote, l'exactitude dans la description des animaux ; à Lucrèce, la poésie ; à Pline, l'importance donnée à l'homme. S'il ne connaît pas, sans doute, Palissy, il est animé de l'esprit cartésien, et il est très supérieur à Fontenelle.

Trait commun : ce qu'il appelle le « génie », qui n'est autre que la faculté de penser en grand : D'où : 1° ses défauts ; 2° son originalité. Défauts : il n'est pas un savant au sens où nous l'entendons aujourd'hui. Qualités : il l'est à l'égard de son siècle : sérieux, sérénité, foi dans son œuvre, enthousiasme contenu, richesse d'imagination, scrupules (plus qu'on ne pense) dans les recherches. Mais il n'est pas seulement un ancien, il est aussi un homme du xviii° siècle : amour de l'humanité, croyance au progrès. C'est ce mélange des traits antiques et modernes qui rend sa physionomie si personnelle.

VII

Faire comprendre à des élèves d'école normale que le vrai, ou du moins le seul Buffon, n'est pas dans les portraits d'animaux, mais que ces portraits, dont il est aisé de ridiculiser les défauts, ont leur mérite propre d'abord, ensuite et surtout leur place nécessaire dans l'œuvre totale.

(Fontenay-aux-Roses. — LEÇON.)

Expliquer pourquoi Buffon peut sembler froidement pompeux : d'une œuvre immense on a détaché pour nous des portraits d'animaux qui n'ont toute leur valeur que si on les replace dans leur cadre. Perdant de vue l'œuvre, nous sommes conduits à voir en Buffon seulement le peintre et l'écrivain, alors que ses peintures sont des exemples destinés à éclairer ses théories. Pourquoi il est injuste de le comparer à la Fontaine, qui, lui, est un peintre et dont chaque fable forme un tout complet.

Coup d'œil très rapide sur la vie et l'œuvre de Buffon : unité, suite, ampleur d'une œuvre qui a pour frontispice la *Théorie de la terre* et pour couronnement les *Epoques de la nature*. C'est donc la nature tout entière que le génie de Buffon embrasse ; l'histoire de l'homme ne vient qu'après celle de la terre, et l'histoire des animaux qu'après celle de l'homme.

Comment l'histoire des animaux se rattache au plan d'ensemble. Deux liens surtout : rapports avec l'homme, rapports avec la nature. L'homme maître des animaux, roi de la création ; les animaux groupés autour de lui, espèces domestiques décrites avec amour et en général avec exactitude ; espèces sauvages que l'homme combat. Chez les serviteurs comme chez les ennemis de l'homme, c'est l'homme encore que Buffon cherche, avec ses qualités ou ses passions. La nature ; nécessité de la description qui donne les différences individuelles et les différences d'espèces, et qui fait ressortir l'inépuisable fécondité et variété de la nature : « Dans la nature il n'existe que des individus ou des suites d'individus, c'est-à-dire des espèces... Nous ne pouvons mieux faire que d'aller pas à pas, de considérer chaque animal individuellement. »

Pris en eux-mêmes, ces portraits ont leur attrait de curiosité, leurs mérites d'observation et de style. Le montrer par quelques citations : le grand seigneur dans les portraits du cheval, du cerf, du cygne ; ailleurs, le philosophe du xviiie siècle ; ailleurs encore et surtout, l'artiste, le coloriste ; variété de ses touches prouvée par la comparaison d'un portrait *noble* et d'un portrait *gracieux*.

Il faut se contenter de juger par ces fragments le génie de Buffon, mais sans jamais oublier qu'ils n'étaient pas à ses yeux et ne sont pas pour le critique moderne l'essentiel de son œuvre, et, dans la mesure où on le pourra, il ne sera pas mauvais de lire soit une des dissertations qui servent de préambule à une série de portraits, soit une page des *Epoques*.

VIII

D'après les *Époques de la nature,* montrer comment Buffon compose un poème scientifique.

(Fontenay-aux Roses. — Leçon.)

1. — Préciser la date des *Époques,* couronnement d'une œuvre longuement poursuivie. Pourquoi l'on peut étudier ici, mieux que dans l'*Histoire naturelle,* la manière dont Buffon compose un livre : ici, œuvre limitée et harmonieuse; intérêt qui progresse; tableau, drame, poème.

2. — Caractère particulier de cette œuvre, hautement philosophique et poétique. Union tout antique de la philosophie et de la poésie dans la science. Grandeur et danger des hypothèses. Curiosité élevée; recherche des origines, vision de ce passé lointain rendue vraisemblable, alliance de l'imagination qui devine, de la science qui observe, de la logique qui ordonne et conclut.

3. — Après le disciple des anciens, montrer le philosophe du xviiie siècle. Quelle idée il se fait et nous donne de la grandeur de l'homme, centre de la nature, roi des êtres vivants, à qui tout le livre aboutit : 7e époque, coup de théâtre, dénouement du drame. Ce qu'il y a d'un peu artificiel, mais aussi d'émouvant dans le livre ainsi composé.

4. — Mais le fond en est vraiment scientifique. Buffon savant. Les faits d'où il part, l'idée des « époques » qu'il en déduit. Il ne voit pas assez nettement que cette histoire du monde ne s'arrête pas là et se poursuit toujours; mais avoir vu qu'on pouvait écrire cette histoire, avoir essayé de l'écrire, c'est déjà une gloire. La géologie : comment il perfectionne ses premières idées sur la formation du monde (eau, puis feu) en les fondant : la terre ouvrage du feu, puis de l'eau. La zoologie; les grandes espèces disparues. La nature et l'homme; l'idée de progrès.

5. — Pourquoi un tel livre ne serait plus possible aujourd'hui; pourquoi Buffon seul pouvait l'écrire; pourquoi enfin ceux mêmes qui le critiquent doivent le respecter.

IX

Comment croyez-vous pouvoir donner à des élèves d'école

normale une idée de Buffon savant, de la nouveauté et de la
grandeur de ses vues, des services qu'il a rendus à la science?

(Fontenay-aux-Roses. — Leçon.)

1. — Partir de l'idée fausse ou tout au moins incomplète que
les élèves peuvent se faire de Buffon d'après les portraits d'a-
nimaux. Leur faire comprendre que c'est la partie la moins
importante d'une œuvre immense et vraiment savante.

2. — Jeter un coup d'œil sur cette œuvre en même temps que
sur la vie de Buffon qui en est inséparable. Unité et sérénité;
travail patient, non seulement pour construire, la plume à la
main, le monument de l'*Histoire naturelle*, mais pour en préparer les éléments : le laboratoire, les expériences, la correspondance avec les savants de l'Europe et de l'étranger.

3. — Mais il ne faut pas exagérer ni voir en lui un savant
tout moderne. Caractère à la fois philosophique et poétique de
sa science, semblable par là plutôt à celle des anciens. Les
hypothèses; avantages et dangers. Exemple qui en prouve la
grandeur et la fécondité, malgré les erreurs de détail : les *Epoques de la nature*. Le point de vue du moraliste qui rapporte
tout à l'homme, et peint des caractères même en décrivant des
animaux. L'imagination; son rôle alors et aujourd'hui.

4. — Par contre, grandes idées au moins entrevues : l'unité
de plan du règne animal, l'unité de l'espèce humaine, la varia-
bilité des espèces, les grandes espèces disparues, la lutte pour
la vie, etc. Par là, Buffon est un précurseur et un créateur.

5. — Au XVIIIe siècle il a été méconnu ou attaqué parce qu'il
était trop nouveau et hardi. Au XIXe, il a été parfois dédaigné
parce qu'il a été dépassé. Montrer que les critiques et les savants
de nos jours reviennent à lui, et que ce n'est pas l'écrivain seul,
ni même surtout, qu'ils admirent.

X

La Fontaine et Buffon peintres d'animaux. Comment faire
comprendre à des élèves que si les peintures de Buffon les séduisent moins, elles ont aussi leur intérêt et leur nouveauté.

(Fontenay-aux-Roses. — Leçon.)

XI

Comparer la septième *Époque* au cinquième livre du *De rerum natura* de Lucrèce.

(Fontenay-aux-Roses. — Leçon.)

Certaines ressemblances générales entre les deux œuvres frappent tout d'abord les yeux. Au milieu d'une époque troublée, ici par les guerres civiles, là par les disputes philosophiques, Lucrèce et Buffon se recueillent et s'isolent pour écrire; les deux ouvrages naissent à la veille d'une grande crise politique et morale; mais le contraste est plus frappant entre la majesté sévère de l'œuvre française et la frivolité du milieu où elle est composée. Tous deux ont la même ambition démesurée de tout connaître et de tout expliquer, le même enthousiasme, qui, plus contenu chez Buffon, communique pourtant une certaine solennité à son langage; mais tous deux aussi viennent trop tôt pour généraliser, à un moment où la science n'est encore ni assez précise ni assez sûre; de là leurs hypothèses aventurées et leurs erreurs. En somme, Lucrèce est moderne par sa mélancolie; Buffon semble un ancien parmi les modernes, par l'immense étendue de son plan, aussi vaste que la nature, par son amour des vues générales et son ambition de remonter aux causes.

Des ressemblances particulières permettent de rapprocher surtout le 5ᵉ livre de Lucrèce et la 7ᵉ *Époque* de Buffon. Le dénuement et l'effroi des premiers hommes nous sont peints de traits identiques, leur vie sauvage est devinée à travers les fictions d'un âge d'or chimérique que reprendront Virgile et Ovide après Lucrèce, Jean-Jacques Rousseau du temps même de Buffon. Le naturaliste français et le poète latin conçoivent et exposent de même façon les progrès des arts, la naissance de la civilisation, la constitution des États; seulement, c'est sur la propriété que Buffon fonde la patrie, et il fait venir le feu des volcans, non de la terre. Chez tous deux enfin on voit poindre la grande idée des espèces perdues, que Cuvier devait reprendre et vérifier plus tard avec tant d'éclat.

Mais Lucrèce n'est pas un savant; c'est une âme troublée, un poète, et sa poésie lui vient de sa passion même. Le tableau qu'il nous trace des premiers temps de l'humanité est d'une grâce sauvage qu'on chercherait en vain chez le grave Buffon; celui-ci raisonne et condense les idées dans un tableau précis, vraiment scientifique déjà. Lucrèce développe plus, et son développement a quelque chose de plus saisissant, mais il n'a pas le même air de vérité, et il n'associe pas, comme Buffon, les faits scientifiques aux conjectures. L'un a plus d'imagination, l'autre plus de raison, bien que les *Epoques* soient aussi une œuvre d'imagination. En revanche, l'esprit de Buffon a quelque chose de moins hardi; loin de nier la Providence, comme Lucrèce, il suppose la question de la création résolue et ne l'aborde pas; chez lui le sentiment religieux est sincère sans doute, mais reste assez froid. Il est tenu d'ailleurs à beaucoup de prudence pour désarmer le zèle ombrageux de la Sorbonne, tandis que le poème de Lucrèce est un hymne enthousiaste en l'honneur d'Épicure et de l'épicurisme.

Cette dissemblance dans le ton en entraîne une autre dans le style : Lucrèce multiplie les descriptions abondantes, les traits pittoresques; Buffon va plus droit au but: avec une brièveté plus rapide, il met plus de suite dans l'exposition d'idées générales qu'on ne perd jamais de vue, mais aussi il est moins ému et moins coloré.

XII

La science peut-elle avoir sa philosophie et sa poésie? Se le demander en prenant surtout, mais non pas uniquement, Buffon pour exemple.

(Fontenay-aux-Roses. — Leçon.)

XIII

Montrer, par l'étude de la septième des *Époques de la nature,* comment Buffon, théoricien du style dans le *Discours sur le style,* met en pratique sa théorie sur la manière de composer et d'écrire.

(Iт.)

XIV

Quelle idée générale et définitive doit nous rester de Buffon homme, grand seigneur, philosophe, savant, critique, écrivain; marquer sa place et son originalité parmi les grands écrivains et les principaux philosophes de son siècle.

(Iт.)

XV

Buffon a dit : « Quand vous avez un sujet à traiter, n'ouvrez aucun livre, tirez tout de votre tête. » Que pensez-vous de cette maxime? Dans quels devoirs scolaires pouvez-vous l'appliquer?

(Ille-et-Vilaine. — BREVET ÉLÉMENTAIRE.
Aspirants, 1888.)

XVI

De la peinture morale des animaux dans Buffon.

(Ardennes. — BREVET SUPÉRIEUR.
Aspirantes, 1894.)

XVII

« Le style du président de Montesquieu! disait avec dédain M. de Buffon; mais Montesquieu a-t-il un style? » N'aurait-il pas mérité qu'on eût osé lui répondre : Il est vrai, Montesquieu n'a eu que le style du génie, et vous, Monsieur, vous avez le génie du style. » (GRIMM, *Correspondance*, février 1788.) Expliquer et discuter ce mot.

XVIII

« Buffon remplit l'esprit d'emphase. Buffon a du génie pour l'ensemble, et de l'esprit pour les détails. Mais il y a en lui une emphase cachée, un compas toujours trop ouvert. » Que pensez-vous de ce jugement de Joubert?

Villefranche-de-Rouergue. — J. Bardoux impr.

DISCOURS SUR LE STYLE

(1753)

I

L'élection et la réception de Buffon à l'Académie.

On lit dans la Correspondance de Grimm, à la date du 1er juillet 1753 : « L'Académie française a perdu un de ses quarante, dans la personne de M. l'archevêque de Sens, frère du fameux curé de Saint-Sulpice et auteur d'un fort obscur ouvrage. » Successivement aumônier de la dauphine, évêque de Soissons et archevêque de Sens, Bourguignon d'ailleurs, comme Buffon, Languet de Gergy était académicien dès 1721. Les caprices du sort donnèrent pour successeur l'auteur de l'*Histoire naturelle* à l'auteur de la *Vie de la vénérable mère Marguerite-Marie Alacoque (1729)*[1]. Ce fauteuil, que Languet avait occupé trente-deux ans, Buffon y devait rester assis plus longtemps encore, avec plus de gloire. Voici la liste de ceux qui l'y ont précédé et suivi :

1635 : Séguier. — 1643 : de Bezons. — 1684 : Boileau-Despréaux. — 1711 : Jean d'Estrées. — 1718 : d'Argenson. — 1721 : Languet de Gergy. — 1753 : Buffon. — 1788 : Vicq-d'Azyr. — 1803 : Domergue. — 1810 : Saint-Ange. — 1811 : Parseval de Grandmaison. — 1836 : de Salvandy. — 1857 : E. Augier. — 1891 : M. de Freycinet.

Ce n'est pas sur Buffon que le choix de l'Académie semblait

---

1. Né à Dijon, en 1677, Languet de Gergy avait publié aussi un *Traité de la confiance en la miséricorde de Dieu*. Le directeur de l'Académie le loua, mais le loua mal, si l'on en croit un contemporain : « M. de Moncrif commence le panégyrique de M. l'archevêque de Sens par un éloge singulier. Il dit que cet illustre prélat, depuis quelques années, éprouvait un affaiblissement sensible dans sa santé. S'il l'avait conduit à la mort tout de suite sans s'arrêter en chemin et sans parler d'un mauvais ouvrage que l'archevêque de Sens préparait contre l'*Esprit des lois*, il aurait sans doute fait cet éloge au gré du public. » (Grimm, 1er septembre 1753.) Il avait déféré l'*Esprit des lois* à l'Assemblée du clergé, qui laissa tomber l'accusation. Voir la lettre de Montesquieu au duc de Nivernois, 8 oct. 1750.

devoir se fixer. On avait songé à un autre écrivain bourguignon, Piron ; mais Piron avait à se reprocher certains péchés de jeunesse, que le scrupuleux Louis XV ne pardonnait pas. Or, deux scrutins étaient nécessaires pour une élection académique : le premier présentait un candidat au protecteur, qui, depuis la mort de Séguier, était le roi ; le second élisait définitivement le candidat agréé. Cette fois, le roi refusa son approbation. Quelle curiosité pourtant c'eût été, un discours académique de Piron ! « Il est tout fait, et le vôtre aussi, disait-il au directeur de l'Académie : — Comment cela ? — Je me lèverai, j'ôterai mon chapeau, je dirai : « Messieurs, je vous remercie de l'honneur que vous « m'avez fait. » Vous vous lèverez, vous ôterez votre chapeau et vous répondrez : « Monsieur, cela n'en vaut pas la peine. »

C'était se montrer à la fois bien concis et bien assuré du succès. Buffon, qui fut plus long, ne songeait pas alors, semble-t-il, à l'Académie française. A vingt-six ans, le 3 février 1733, grâce à ses relations mondaines, il avait remplacé Jussieu à l'Académie des sciences (section de mécanique). Il n'avait rien écrit encore, car sa traduction de la *Statique des végétaux* de Hales est de 1735, et celle du *Traité des fluxions* de Newton, de 1740. M. Villemain et ceux qui l'ont suivi se trompent sur ce point. Bientôt même il avait été nommé trésorier perpétuel de l'Académie, charge de confiance, que tant d'autres occupations l'empêchèrent de remplir. Depuis, les premiers volumes de l'*Histoire naturelle* avaient paru ; mais le plus grand des académiciens, Voltaire, ne venait-il pas d'en combattre, avec un dédain ironique, les idées essentielles ? Il est vrai que Voltaire, à peine échappé à la tyrannique amitié de Frédéric II, avait autre chose à faire qu'à intervenir dans les élections de l'Académie, où Buffon comptait des amis, comme Maupertuis, son collègue à l'Académie des sciences, comme l'abbé Sallier, professeur d'hébreu au Collège de France, dont il avait été le bienfaiteur, et dont il devait être le légataire universel.

Lui fit-on proposer en secret la place où Piron allait s'asseoir avec ce sans-façon quelque peu impertinent ? Ce qui est certain, c'est que, par un juste sentiment de sa valeur, à l'exemple de Boileau et de la Bruyère, il refusa de faire les visites obligées[1], et que l'Académie ne lui en tint pas rigueur. « C'est

1. Elu académicien, Lamoignon, avocat général au parlement, avait refusé. Sans doute il voulait plaire à M. le Duc, qui appuyait Chaulieu ; mais l'Académie, justement blessée, décida que personne ne serait élu sans avoir témoigné de son désir d'être admis en se pliant aux visites réglementaires.

la première fois, écrit Buffon au président de Ruffey[1], que quelqu'un a été élu sans avoir fait aucune visite ni aucune démarche, et j'ai été plus flatté de la manière agréable et distinguée dont cela s'est fait que de la chose même, que je ne désirais en aucune façon. »

Peut-être ne sera-t-il pas sans intérêt de rappeler ici comment était composée cette Académie, qui, à défaut de Piron, élut Buffon, déjà suspect, malgré sa rétractation de 1751, à la faculté de théologie :

Alary, prieur de Gournay-sur-Marne; d'Argenson; maréchal de Belle-Isle; cardinal de Bernis; Jérôme Bignon; comte de Bissy; Boyer, évêque de Mirepoix; de Boze; Crébillon; Destouches; Duclos; Dupré de Saint-Maur; Foncemagne; Giry de Saint-Cyr; Gresset; président Hénault; la Chaussée; abbé de Laville; cardinal de Luynes; Mairan; Marivaux; Maupertuis; Mirabaud; Moncrif; Montesquieu; duc de Nivernois; abbé d'Olivet; du Resnel; maréchal de Richelieu; cardinal de Rohan-Soubise; duc de Saint-Aignan; abbé Sallier; A.-L. Séguier; Séguy; Surian, évêque de Vence; Vauréal, évêque de Rennes; duc de Villars; Voltaire.

Entré à l'Académie en foulant aux pieds les usages consacrés, Buffon ne chercha pas à se faire pardonner par une servile obéissance aux traditions du discours académique, et crut au contraire que son discours, comme son élection, devait frapper les esprits par un caractère hardi de nouveauté. Mais le *Discours sur le style* ne fut pas un de ces coups de théâtre dont l'effet est préparé longtemps à l'avance; c'est plutôt une heureuse trouvaille à laquelle Buffon était conduit par la pratique journalière de l'art d'écrire. Six semaines avant sa réception, le 4 juillet 1753, il écrivait à Ruffey : « Je ne sais pas trop encore ce que je leur dirai, mais il me viendra peut-être quelque inspiration, comme à Marie Alacoque, et je ne parlerai pas d'elle, de peur du coq-à-l'âne. » Un mois après (7 août 1753), le discours est achevé, soumis à la critique de quelques amis,

1. 4 juillet 1753. Une lettre de Montesquieu à Mme du Deffand (12 sept. 1751) montre que l'Académie était moralement engagée envers Piron; mais Boyer, le précepteur du dauphin, chargé de la feuille des bénéfices, lui est hostile, et le roi lui-même intervient. Deux jours après son échec, d'ailleurs, Piron reçoit une pension de cent pistoles. Est-il vrai, comme le croient Grimm et Collé, que l'intrigant et dévot Bougainville, concurrent de Piron, ait appelé l'attention de Boyer sur certains vers licencieux du poète? En tout cas, Bougainville ne bénéficia point de sa dénonciation; l'Académie refusa de passer au vote immédiat sur sa candidature, et lui préféra Buffon, qui n'était point candidat, Buffon qui sortait à peine d'un conflit avec la Sorbonne.

corrigé même et amplifié. Ainsi, Grimm avait dit vrai : « M. de Buffon est allé faire un tour en Bourgogne, d'où il reviendra dans peu avec son discours de réception. » De ce « tour » fait en Bourgogne, Buffon rapportait le *Discours sur le style*.

La séance du 25 août fut une fête de l'esprit. Depuis que l'Académie, ravie du compliment de Patru (1640), avait exigé que tous ses élus lui rendissent ces actions de grâces littéraires[1], auxquelles Colbert et d'Argenson seuls s'étaient soustraits; depuis que, sortie de l'hôtel du chancelier Séguier, logée au Louvre et bientôt au palais de l'Institut, elle avait substitué aux remerciements très brefs qui se récitaient à huis clos, des discours solennels et publics, jamais peut-être récipiendaire n'avait paru mieux fait pour répondre à l'attente de tous, que ce grand seigneur, à qui Hume trouvait l'air d'un maréchal de France plutôt que d'un savant. Comme pour ajouter encore à l'admiration que Buffon doit concentrer sur lui seul, c'est M. de Moncrif qui préside, Moncrif, l'auteur des *Chats*, celui dont le marquis d'Argenson écrit qu'il trouve moyen dans ses livres d'être ennuyeux, quoique très court. Grimm se fait l'interprète des sentiments de ses contemporains : « Cet homme célèbre, écrit-il, dédaignant les éloges fades et pesants, qui font ordinairement le sujet de ces sortes de discours, a jugé à propos de traiter une matière digne de sa plume et digne de l'Académie. Ce sont des idées sur le style, et l'on a dit à ce sujet que l'Académie avait pris un maître à écrire. On pourrait ajouter, après avoir lu la réponse de M. de Moncrif, qu'elle a bien fait et qu'elle en avait besoin. Le discours de M. de Buffon, qui vient d'être imprimé, fut interrompu à l'assemblée de l'Académie trois ou quatre fois par les applaudissements du public. »

II

Les discours académiques avant Buffon. — La partie traditionnelle du « Discours sur le style ».

N'exagérons pas cependant le mérite et l'originalité de Buffon; d'autres lui avaient frayé la voie qu'il venait de parcourir.

---

1. « Vous aurez remarqué sans doute que le nombre de quarante, dont l'Académie doit être composée, ne fut rempli qu'à la nomination de M. de Priézac, en l'année 1639, cinq ou six ans après son établissement. M. Patru, qui fut le premier reçu ensuite, entrant dans la Compagnie, prononça un fort beau remerciement, dont on demeura si satisfait qu'on a obligé tous ceux qui ont été reçus depuis à en faire autant. » (PELLISSON, *Histoire de l'Académie*.)

La Bruyère au xviie siècle, Voltaire au xviiie, avaient, eux aussi, rompu avec la convention banale et fait du compliment académique une sérieuse étude littéraire.

Lui-même, la Bruyère avoue que deux académiciens lui ont donné l'exemple. Il ne s'agit ni du grand Corneille, dont le remerciement fut si gauche et d'un goût si contestable, ni du bon la Fontaine, dont l'imitation, cette fois, fut un peu servile, mais de Bossuet[1] et surtout de Fénelon. Reçu deux mois avant la Bruyère (1693), Fénelon avait osé juger quelques auteurs modernes et donner quelques préceptes sur l'art d'écrire, celui-ci, par exemple, qui le peint tout entier, comme tel mot du *Discours sur le style* peint Buffon : « Le vrai sublime, dédaigneux de tous les ornements empruntés, ne se trouve que dans le simple. » Le discours de Fénelon annonce celui de Buffon, dernier degré de cette transformation de l'éloquence académique. Mais Fénelon, qui parle seulement des morts, épargne la modestie des vivants; Buffon ne parlera guère ni des uns ni des autres. Plus hardi, la Bruyère fait entendre à ses confrères leur propre oraison funèbre. Soit excès d'humilité, soit excès d'amour-propre, plus d'un en fut froissé; la préface de la Bruyère nous laisse assez deviner quel fut le scandale. Qu'un demi-siècle s'écoule : le goût de la critique littéraire et des innovations sera devenu si vif que là où la Bruyère faillit échouer, Voltaire et Buffon triompheront sans peine. Il faut croire que la Bruyère eut peu d'imitateurs et qu'après lui on retomba dans les banalités de l'éloge à outrance, puisque Voltaire s'en égaye[2] : « Un jour, un bel esprit de ce pays-là me demanda les *Mémoires de l'Académie française...* « Elle n'écrit point de mémoires, « lui répondis-je, mais elle a fait imprimer soixante ou quatre-« vingts volumes de compliments. » Il en parcourut un ou deux; il ne put jamais entendre ce style. quoiqu'il entendît fort bien tous nos bons auteurs. « Tout ce que j'entrevois dans ces beaux « discours, me dit-il, c'est que, le récipiendaire ayant assuré que « son prédécesseur était un très grand homme, le chancelier Sé-« guier un assez grand homme, Louis XIV un plus que grand « homme, le directeur lui répond la même chose et ajoute que

---

1. Bossuet avait pris pour sujet l'institution de l'Académie et n'avait pas dit un mot de M. de Chastelet, son prédécesseur; de même, le maréchal de Villars devait oublier l'évêque de Senlis, comme Buffon oublie un peu l'archevêque d'Auxerre. Fléchier loua, le premier, son prédécesseur, qui était l'évêque Godeau. Fénelon développa cet éloge, qui entra dans l'usage.
2. *Lettres anglaises*, XXV.

« le récipiendaire pourrait bien aussi être une espèce de grand
« homme, et que, pour lui, directeur, il n'en quitte pas sa part. »

Reçu à l'Académie sept ans avant Buffon, le 9 mai 1746, Voltaire y traita de l'influence de la poésie sur le génie des lan-
gues[1]. C'est ainsi qu'il savait se mettre à couvert de ses pro-
pres critiques. Pourtant, ces éloges académiques, qu'il avait
si finement raillés, s'imposaient à lui, et l'auteur des *Lettres
anglaises* était contraint de s'écrier devant plus d'un de ses
anciens lecteurs, qui en souriait peut-être : « Je sais combien
l'esprit se dégoûte aisément des éloges ; je sais que le public,
toujours avide de nouveautés, pense que tout est épuisé sur
votre fondateur et sur vos protecteurs. Mais pourrais-je refuser
le tribut que je dois, parce que ceux qui l'ont payé avant moi
ne m'ont laissé rien de nouveau à vous dire? Il en est de ces
éloges qu'on répète comme de ces solemnités qui sont toujours
les mêmes, et qui réveillent la mémoire des événements chers
à un peuple entier : elles sont nécessaires. »

Cet aveu de Voltaire sera la sauvegarde de Buffon. Si celui-
ci n'ose supprimer tout à fait, bien qu'il la restreigne, la partie
traditionnelle du discours académique, c'est qu'il obéit, lui
aussi, à une véritable force des choses, à des convenances
plus impérieuses que des règles écrites. Qui se plia plus doci-
lement que Montesquieu à l'usage reçu? Qui plus que lui mul-
tiplia les éloges et les exclamations admiratives? Est-ce bien le
même auteur qui écrivait naguère[2] : « J'ai ouï parler d'une
espèce de tribunal qu'on appelle l'Académie française. Il n'y en
a point de moins respecté dans le monde... Ceux qui le com-
posent n'ont d'autre fonction que de jaser sans cesse : l'éloge
va se placer, comme de lui-même, dans leur babil éternel ; et,
sitôt qu'ils sont initiés dans ses mystères, la fureur du panégyrique vient les saisir et ne les quitte plus. »

Buffon du moins ne connut pas l'embarras de semblables
palinodies. Que sa modestie soit affectée, son enthousiasme un

---

1. « Le discours de Voltaire sur l'*Universalité de la langue française* tira le
genre de l'ornière. Le fameux *Discours sur le style* accusa davantage encore le
parti pris : après le succès de Buffon, l'ancienne méthode ne fut plus qu'à l'usage
des timides. D'Alembert, à son tour, fit une remarquable théorie des sources de
l'éloquence ; et, depuis, tous les écrivains de marque développèrent en pareille circonstance quelques majestueuses considérations du même ordre. Les grands sei-
gneurs seuls eurent le droit de s'en dispenser. En 1755, Grimm remarquait, non
sans étonnement, que ces discours recommençaient à intéresser le public. » (Bru-
nel, *les Philosophes et l'Académie française*.) Massillon, en 1719, avait prononcé
l'éloge du Goût.

2. *Lettres persanes*. LXXIII.

peu de commande, personne ne le contestera. Ce même Montesquieu, vingt-cinq ans avant (24 janvier 1728), n'avait-il pas dit à cette Académie, si peu respectée, à en croire les *Lettres persanes* : « Vous m'avez, Messieurs, associé à vos travaux, vous m'avez élevé jusqu'à vous. » « Vous m'avez comblé d'honneur en m'appelant à vous, » dit à son tour Buffon, avec plus de fierté. C'était prendre soin de rappeler soi-même à quel point le choix de l'Académie avait été spontané. Sans doute, donner ce beau nom de « maîtres de l'art » au maréchal de Richelieu, célèbre par ses fautes d'orthographe, à Bignon, Foncemagne, Vauréal, Surian, Alary, Giry, Laville, c'était être intempérant dans l'éloge. Quand on énumère tant de noms obscurs, on a besoin de se souvenir du mot de Grimm, parlant de la réception à l'Académie de Saint-Lambert, ce poète sans poésie, selon l'expression de Buffon : « On reproche à M. de Saint-Lambert d'avoir tout loué, et d'avoir trop loué; mais c'est l'esprit de l'Institut. »

La louange, disons mieux, le mensonge agréable était alors l'âme des discours académiques, que le président de Mesmes comparait à ces messes solennelles où le célébrant est encensé à son tour, après avoir encensé l'assistance entière. Les caractères les plus fiers, les esprits les plus libres, ne reculaient pas devant ces congratulations réciproques. Pierre Corneille (22 janvier 1647), succombant sous « cet excès d'honneur », se sentait « incapable » de remplir la place qu'il obtenait, « sans la mériter ». Cet humble « écolier » dont les « petits travaux » ne pouvaient soutenir la comparaison avec les « admirables chefs-d'œuvre » des académiciens, mais qui espérait du moins de ces savantes assemblées remporter « de belles teintures », dissertait sur la joie, cette « liquéfaction intérieure » dont il était inondé, mais que les paroles étaient impuissantes à rendre. « Je vous supplie, s'écriait la Fontaine (2 mai 1684), d'ajouter encore une grâce à celle que vous m'avez faite, c'est de ne point attendre de moi un remerciement proportionné à la grandeur de votre bienfait... Vous savez également bien la langue des dieux et celle des hommes... Cette juridiction si respectée, c'est votre mérite qui l'a établie, ce sont les ouvrages que vous donnez au public et qui sont autant de parfaits modèles pour tous les genres d'écrire, pour tous les styles... Vous voyez, Messieurs, par mon ingénuité, et par le peu d'art [1] dont

---

1. Le bonhomme se fait ici trop bonhomme; lui aussi, Buffon parlera d'essais « écrits sans art ».

j'accompagne ce que je dis, que c'est le cœur qui vous remercie, et non pas l'esprit. » Reçu presque en même temps que la Fontaine (3 juillet 1684), Boileau, si peu enclin à l'éloge, glorifiait aussi « les chefs-d'œuvre » de ces académiciens, parmi lesquels il comptait plus d'une victime, et déclarait bien haut qu'un « faible recueil de poésies » et des ouvrages « aussi médiocres que les siens » n'avaient pu le rendre digne de succéder à M. de Bezons. « L'honneur que je reçois aujourd'hui, s'écriait-il, est quelque chose pour moi de si grand, de si extraordinaire, de si peu attendu, que dans le moment même où je vous en fais mes remercîments, je ne sais encore ce que je dois croire. Est-il possible, est-il bien vrai que vous m'avez en effet jugé digne d'être admis dans cette illustre compagnie ? »

Comme l'on comprend que ces étonnements si peu vraisemblables, ces panégyriques si apprêtés, aient arraché à la Bruyère ce cri du bon sens et de l'indépendance révoltée[1] : « Être au comble de ses vœux de se voir académicien, protester que ce jour où l'on jouit pour la première fois d'un si rare bonheur est le plus beau de sa vie (abbé Testu, Pavillon); douter si cet honneur qu'on vient de recevoir est une chose vraie ou qu'on ait songée (Pellisson); espérer de puiser désormais à la source les plus pures eaux de l'éloquence française (Thomas Corneille); n'avoir accepté, n'avoir désiré une telle place que pour profiter des lumières de tant de personnes si éclairées (Quinault); promettre que, tout indigne de leur choix qu'on se reconnaît, on s'efforcera de s'en rendre digne (Perrault): cent autres formules de pareils compliments sont-elles si rares et si peu connues que je n'eusse pu les trouver, les placer, et en mériter des applaudissements ? »

Mais aussi comme Buffon est justifié par tant d'illustres exemples ! Sachons-lui gré d'avoir réduit le compliment académique aux proportions d'un cadre commode et nécessaire pour mieux faire ressortir l'originalité du tableau. Quelques mots au début et à la fin nous rappellent, fort à propos, que le *Discours sur le style* est un discours de réception à l'Académie. Encore, ces formules obligées sont-elles rattachées à l'ensemble par un lien si lâche qu'on peut les en séparer sans inconvénient. De là quelques gaucheries dans la composition de ce discours, qui n'ose pas être franchement une dissertation. De là aussi quelque disproportion, même dans ces parties

____

1. Préface du discours de réception à l'Académie.

accessoires. Si l'éloge de l'Académie est développé outre mesure, ceux de Séguier, de Richelieu[1], de Louis XIV, si supérieurement traités par la Bruyère, sont indiqués à peine. En revanche, on souffre de voir Buffon insister sur l'éloge de Louis XV. Quand Bossuet, Fénelon, Boileau, la Fontaine, glorifiaient Louis XIV, au moins pouvaient-ils dire de grandes choses dans un grand style[2].

L'éloge de Languet de Gergy, au contraire, a le mérite d'être discret; certains contemporains le trouvèrent trop discret même : « Les amis de l'archevêque de Sens, écrit le président de Ruffey, sont piqués de ce que M. de Buffon a, pour ainsi dire, évité d'en faire un éloge. Pindare en faisait autant : quand le sujet ne lui fournissait pas assez de matière pour louer les athlètes qui avaient remporté le prix aux jeux de la Grèce, il se rejetait sur les louanges des dieux. L'archevêque de Sens était un grand prélat, un saint homme, plein de zèle, d'onction, il était de l'Académie; mais était-il académicien? Il n'est sorti de sa plume rien que de médiocre pour le style; *Marie Alacoque* sera un éternel monument de son peu de goût. M. de Buffon ne pouvait le louer sur ses qualités académiques sans s'exposer à la raillerie et compromettre son jugement. On doit lui savoir gré de sa prudence, loin de l'en blâmer. »

Ne pouvant louer, Buffon a eu raison de se taire. On est allé plus loin aujourd'hui, et l'éloge académique se tempère parfois d'une ironie très peu voilée.

<h2 style="text-align:center">III</h2>

La partie nouvelle. — De la composition dans le « Discours ». — Du mot célèbre : « Le style, c'est l'homme. »

Voilà le cadre; on peut le trouver trop chargé d'ornements; mais le tableau est d'une sévérité sobre. Chose remarquable : tous les détails en sont précis, et pourtant l'ensemble manque de netteté. Admirablement écrit, le *Discours sur le style* est médiocrement composé; on n'en saurait donner une analyse

1. Au reste, le cardinal ne voulut pas être loué de son vivant, et de sa propre main il biffa l'article des premiers statuts portant que les académiciens promettaient de vénérer la mémoire de Monseigneur.
2. Il est vrai qu'avant Buffon Voltaire avait parlé des « vertus » de Louis XV et souhaité qu'on lui élevât une statue avec ces mots : « Au père de la patrie! »

méthodique. Tout part de la définition célèbre : « Le style n'est que l'ordre et le mouvement qu'on met dans ses pensées ; » tout y revient. Mais, soit que Buffon soit préoccupé avant tout de l'ordre, soit que le mouvement lui en paraisse une conséquence nécessaire, l'un des éléments de la définition est sacrifié à l'autre.

Il est vrai qu'un bref retour à l'Académie coupe par le milieu le discours, dont le résumé sommaire pourrait, dès lors, se concevoir ainsi :

Exorde. — Remerciement et compliment.

Proposition. — Opposition de la fausse éloquence (éloquence populaire et, pour ainsi dire, corporelle) à la vraie éloquence, exprimée par le vrai style. Définition du vrai style : l'ordre et le mouvement qu'on met dans ses pensées. But de la vraie éloquence : toucher le cœur en parlant à l'esprit.

1re partie. — Ordre : nécessité d'un plan longuement médité, qui permette de distinguer les idées principales des idées accessoires, et de fondre l'ensemble d'un seul jet. Unité des ouvrages de l'esprit, comparée à l'unité des ouvrages de la nature ; danger de compromettre cette unité par des divisions trop fréquentes, par un trop grand nombre de traits saillants, par l'affectation du bel esprit, par tout ce qui rompt la chaîne continue des idées. En somme, deux préceptes : 1° posséder pleinement son sujet, voir clairement l'ordre de ses pensées, et le suivre ; — 2° exprimer ces pensées en se servant de termes généraux, en évitant l'équivoque et la plaisanterie, en faisant voir partout plus de raison que de chaleur.

Transition. — Retour aux travaux de l'Académie française.

2e partie. — Mouvement : bien écrire, c'est tout à la fois bien penser, bien sentir et bien rendre ; c'est réunir toutes les facultés, esprit, âme et goût. Conditions : justesse du ton (défini : la convenance du style à la nature du sujet) ; beauté du coloris, qui rende le tableau harmonieux (ordre) et mouvant (mouvement) : si bien ordonné qu'il soit, le fond des pensées ne suffit pas, si la forme que leur donne le style n'est animée. Seuls, les ouvrages bien écrits passeront à la postérité, parce que, seul, le style est l'homme même, c'est-à-dire appartient à l'homme et lui est personnel.

Péroraison. — Adresse à messieurs de l'Académie française.

Mais cette division, nous ne le dissimulons pas, est artificielle, et les deux parties, loin d'être aussi distinctes, se confondent à tout moment : la première recommande de donner non seulement l'unité, mais la couleur et la chaleur au style; dans la seconde, alors même que Buffon semble n'avoir en vue que le mouvement, il revient à tout instant, comme malgré lui, à cette idée de l'ordre, qui l'obsède, et conclut que le style est beau seulement par le nombre des vérités qu'il présente.

C'est à un morceau, resté longtemps inédit, sur l'*Art d'é-crire*, qu'il faut aller demander le complément nécessaire du *Discours sur le style*. On se plairait à le croire postérieur; car il fait au mouvement dans le style une part plus équitable. Mais toute la vie de Buffon n'a été qu'une longue méditation sur ce sujet familier; d'autre part, on imagine difficilement qu'après l'éclat du discours à l'Académie, Buffon ait voulu se répéter presque textuellement dans une étude nouvelle, destinée sans doute à voir aussi le jour. N'est-il pas plus naturel de supposer que le morceau sur l'*Art d'écrire* a été comme l'esquisse encore imparfaite du *Discours sur le style*, qui l'a fait ensuite oublier? Quoi qu'il en soit, en voici la première partie et la fin :

Pour bien écrire, il faut que la chaleur du cœur se réunisse à la lumière de l'esprit. L'âme, recevant ces deux impressions, ne peut manquer de se mouvoir avec plaisir vers l'objet présenté; elle l'atteint, le saisit, l'embrasse, et ce n'est qu'après en avoir pleinement joui qu'elle est en état d'en faire jouir les autres par l'expression de ses pensées. La main lui obéira pour les tracer, et tout lecteur attentif partagera les jouissances spirituelles de l'écrivain : si les objets sont simples, il n'a besoin que de l'art de peindre; mais s'ils sont compliqués, il lui faut de plus l'art de combiner, c'est-à-dire *l'art de penser par ordre, de réfléchir avec patience, de comparer avec justesse, en réunissant les idées éparses pour en former une chaîne continue qui présente successivement à l'esprit toutes les faces de l'objet.*

Selon les différents sujets, la manière d'écrire doit donc être très différente; et pour ceux mêmes qui paraissent les plus simples, le style, en conservant le caractère de simplicité, ne doit cependant pas être le même. Un grand écrivain ne doit point avoir de cachet, l'impression du même sceau sur des productions diverses décèle le manque de génie; mais ce qui annonce encore plus cette pauvreté du génie, c'est cet emprunt d'esprit étranger au sujet, qui seul doit le fournir. *Mettre de l'esprit partout,* c'est la manière de nos jeunes auteurs; ils ne voient pas que cet esprit, *à moins qu'il soit tiré du fond du sujet,* ne peut qu'en gâter la représentation; que semer mal à propos des fleurs, c'est planter des épines. Avec plus de génie, ils trouveraient dans le sujet même tout l'esprit qu'ils doivent employer. S'ils eussent formé leur goût sur de bons modèles, ils rejetteraient non seulement cet esprit étranger à la chose, mais ils n'auraient pas même l'idée de le rechercher. Ce même goût les porterait à éviter toute expression obscure, toute sentence déplacée, dans des sujets qu'il suffit de peindre pour les bien présenter. Le sujet n'est dans ce cas qu'un objet dont il faut tracer l'image par un dessin fidèle, des couleurs assorties.

On a comparé de tout temps la poésie à la peinture; mais jamais on n'a pensé que la prose pouvait peindre mieux que la poésie. La mesure et la rime gênent la liberté du pinceau; pour une syllabe de moins ou de trop, les mots faisant image sont à regret rejetés par le poète, et avantageusement employés par l'écrivain en prose. *Le style, qui n'est que l'ordre et le mouvement qu'on donne à ses pensées,* est nécessairement contraint par une formule arbitraire, ou interrompu par des pauses qui en diminuent la rapidité et en altèrent l'uniformité.

Cette comparaison nous affermit dans l'idée que le *Discours sur le style* fut un effort sincère, et heureux à quelques égards, pour tracer les règles générales de l'art d'écrire. Quoi que fasse Buffon, sans doute, il se souvient toujours de lui-même : au lieu du vaste tableau qu'il rêvait d'achever, c'est son propre portrait qu'il esquisse. Voilà bien le grand seigneur, dédaigneux de l'éloquence populaire et politique, dont il ne pressent pas le règne prochain, et mettant « la puissance oratoire en dehors de l'éloquence ». Voilà bien le naturaliste, toujours ambitieux d'introduire dans les ouvrages de l'esprit l'unité et la variété, l'ordre et le mouvement qu'il admire dans les ouvrages de la nature. Voilà bien enfin l'écrivain, sérieux et noble, un peu fastueux, plus préoccupé de l'ensemble que du détail, ennemi du trait saillant et de la plaisanterie, convaincu à la fois et contenu, au point de se défier de l'enthousiasme, mais enthousiaste pourtant à sa manière, et comprenant bien que, si ses ouvrages ne doivent pas vivre seulement par le style, c'est par le style surtout qu'ils vivront : car — si l'on met à part tant de vues neuves et hardies, justifiées depuis par les progrès de la science — le style de Buffon, n'est-ce pas Buffon tout entier?

Mais ce discours trop particulier contient plus de vérités générales et durables qu'on ne pourrait croire. Par exemple, on comprend souvent mal le mot célèbre : « Le style, c'est l'homme, » qui n'existait pas d'ailleurs dans la rédaction primitive envoyée au président de Ruffey[1]. Par une erreur assez répandue, on donne souvent à cet aphorisme le sens du mot de Platon : Οἶος ὁ λόγος, τοιοῦτος ὁ τρόπος, et du mot de Sénèque : *Oratio vultus animi est... Talis hominibus fuit oratio, qualis vita.* Si Buffon avait voulu dire que le caractère d'un homme se reflète dans son style, et qu'on peut juger avec certitude les

---

1. Lamartine écrit encore (*Entretiens*, 8) : « Buffon a dit : « Le style est l'homme. » Buffon a dit, dans ce mot, ce que le style devrait être bien plutôt que ce qu'il est, car, bien souvent, le style est l'écrivain plus qu'il n'est l'homme. L'art s'interpose entre l'écrivain et ce qu'il écrit; ce n'est plus l'homme que vous voyez, c'est le talent. » Géruzez dit mieux : « Ce mot tant cité et quelquefois altéré de Buffon veut dire qu'il manifeste la nature propre de l'intelligence qui le produit. La pensée est, pour ainsi dire, générale et impersonnelle; elle relève de l'humanité; le style relève de l'homme seul et l'exprime. »

mœurs d'après la manière d'écrire, on aurait le droit de contester son affirmation. Souvent, en effet, le style se ressent de la bassesse ou de la noblesse du cœur; souvent il nous fait deviner ce qu'est l'homme; mais il serait hasardé d'admettre comme invariable une règle qui subit plus d'une exception, et l'on ne saurait affirmer que toujours l'écrivain soit inséparable de l'homme. Les qualités et les défauts de l'homme peuvent n'être pas identiques aux qualités et aux défauts de l'écrivain : tel homme au cœur sec aura de la verve; tel homme au cœur chaleureux écrira froidement; tel malhonnête homme même nous touchera peut-être par son éloquence. Ainsi, le style n'est pas nécessairement le miroir de l'âme.

Pour restituer au mot de Buffon son vrai sens, il importe de ne pas l'isoler du passage très clair où il est encadré. Buffon ne dit pas : « Le style, c'est l'homme; » il dit : « Le style est l'homme même, » c'est-à-dire : le style est *de* l'homme même, n'appartient qu'à l'homme. Il oppose le style, propriété personnelle et inaliénable de l'écrivain, aux hypothèses, aux découvertes qui sont hors de l'homme, qui peuvent se transporter et s'aliéner, qui circulent de main en main, et deviennent bientôt le patrimoine commun de l'humanité. En un mot, dans tout ouvrage il faut faire la part du fond et celle de la forme; le fond nous échappe tôt ou tard, mais la forme ne cesse jamais de nous appartenir. Voilà pourquoi les ouvrages bien écrits sont les seuls qui passent à la postérité. Mais par ouvrages bien écrits Buffon entend ceux qui ont l'ordre (composition) et le mouvement (style), non pas seulement les ouvrages qui ne se recommandent que par une forme brillante, car un ouvrage n'est beau, selon lui, que par le nombre de vérités qu'il exprime.

Buffon n'a-t-il pas prouvé, par son propre exemple, la vérité profonde de ce mot, si mal compris et si mal appliqué parfois encore aujourd'hui? Ne sommes-nous pas contraints par le progrès des connaissances de distinguer chez lui aussi le fond de la forme, et d'écarter certaines idées en admirant la forme dont elles sont revêtues? Plus grand écrivain encore que grand savant, Buffon a été fort dépassé par les savants modernes, mais leurs découvertes nouvelles n'ont pu effacer sa gloire d'écrivain. Même alors qu'il ne restera plus rien de son œuvre scientifique, complétée, corrigée, transformée par d'autres, Buffon vivra toujours par le style.

De même, on a trop critiqué la théorie des « termes généraux », où l'on n'a vu qu'une apologie de la périphrase : l'emploi des termes généraux, si fatal en poésie, où la Fontaine fait triompher le mot propre, est plus admissible dans la science telle que Buffon la comprend : cette préoccupation de l'idée générale, mise en relief par l'effacement prémédité des idées particulières, du terme général, auquel on sacrifie les traits particuliers et précis, donne au style de Buffon une clarté plus universellement intelligible. Ce style assurément s'impose plus qu'il n'émeut ; on y voudrait moins de fausses élégances, d'expressions vagues et usées. Mais, dans la science comme dans le style, la généralisation était le procédé familier de Buffon. Selon Mme Necker, après un premier essai, il se demandait toujours si les idées étaient généralisées au point de ne pouvoir se présenter, sous cette forme, à un esprit commun ; puis il déchirait la page commencée, afin de voir son sujet encore plus en grand : « Quand on a une idée, disait-il, il faut la considérer très longtemps, jusqu'à ce qu'elle rayonne, c'est-à-dire qu'elle se présente clairement à nous, environnée d'images, d'accessoires, de conséquences, etc. On écrit ensuite. » Mais la conversation rapportée par Mme Necker dans ses *Mélanges*, c'est la théorie exposée dans le *Discours*, et c'est cette théorie du style « ordre et mouvement » qu'il importe d'éclairer d'abord.

IV

Le style : ordre et mouvement. — Que le mouvement est inséparable de l'ordre et en sort. — Les termes généraux[1].

On a eu grand tort d'intituler ce discours académique *Discours sur le style,* car le lecteur y cherche un traité sur la manière d'écrire, et n'y trouve, comme Buffon d'ailleurs l'en avertit, que « quelques idées sur le style » enveloppées dans un compliment déclamatoire. Pour en découvrir le fond solide, il faudrait le débarrasser des oripeaux de circonstance, et l'appliquer à l'œuvre de Buffon comme une sorte de discours préliminaire : De la manière d'écrire l'histoire naturelle.

On s'est accoutumé à n'y voir, après Villemain, que la con-

---

1. Une notable partie de ce chapitre est empruntée à l'étude sur Buffon qu'on trouvera au t. VI de l'*Histoire* publiée chez Colin par M. Petit de Julleville.

fidence un peu apprêtée d'un grand artiste. Qu'il donne la
théorie de l'art dans son inépuisable variété, personne ne le
soutiendra, et cependant personne ne sentira le besoin d'ajouter quoi que ce soit à cette définition où tout est contenu :
« Bien écrire, c'est tout à la fois bien penser, *bien sentir* et
bien rendre, c'est avoir en même temps de l'esprit, *de l'âme*
et du goût. » Mais on aime mieux citer cette définition plus
célèbre encore : « Le style n'est que l'ordre et le mouvement
qu'on met dans ses pensées. » Buffon parle tant de l'ordre, et
si peu du mouvement! Il est vrai que l'ordre, sous toutes ses
formes, est cher à Buffon. L'admirant dans la nature, il voulait le réaliser dans le style. La nature travaille sur un plan
éternel; l'unité de plan sera donc, pour qui veut écrire, la
première des conditions. Mais ce plan général est formé lui-
même de plans particuliers et successifs, où se distribuent les
êtres et les choses; de même, dans le discours, à la « conti-
nuité du fil » doit s'ajouter « la dépendance harmonique des
idées », qui est comme la perspective du style. Ce n'est qu'en
embrassant d'un coup d'œil tout le sujet qu'on détermine les
idées principales, avec les justes intervalles qui les séparent,
et qu'on trouve, pour remplir ces intervalles, des idées accessoires et moyennes. D'autre part, la nature est animée d'un
mouvement continu, qui donne à l'ordre l'impulsion et la vie.

Si l'ordre est la clarté qui vient de l'esprit, si le mouvement est
la chaleur qui vient de l'âme, le savant et le littérateur doivent
se tenir pour également satisfaits. Mais on reproche à Buffon
de parler du mouvement avec une froideur qui dénote sa préférence pour l'ordre. C'est peut-être que nous n'entendons pas
le mouvement comme l'entendait Buffon. Le mouvement, chez
les modernes, consiste le plus souvent à suivre l'élan plus ou
moins passionné de notre nature. C'est justement pour que
nous ne cédions pas à ces entraînements de *notre nature* que
Buffon nous recommande l'imitation de *la nature*. Les productions de la nature n'ont rien de saccadé : on y admire « une
gradation soutenue », un mouvement uniforme que toute
interruption détruit ou fait languir. Ces interruptions, dans le
style, ce sont ces traits d'esprit, d'imagination ou de sentiment
dont nous sommes si fiers, mais qui ralentissent le mouvement
du style, c'est-à-dire de la pensée en marche vers la vérité.
Car le mouvement, tel que le conçoit Buffon, s'épanche de l'ordre, comme d'une source profonde et calme. Sans le mouvement, l'ordre resterait infécond. Sans l'ordre qui lui trace son

cours à travers la chaîne continue des idées qu'il doit parcourir, le mouvement dévierait du but. L'ordre prend vie grâce au mouvement, mais le mouvement est en germe dans l'ordre. Et c'est par une gradation aussi insensible qu'elle est nécessaire, que l'ordre se transforme en mouvement, la clarté en chaleur, qui elle-même reste clarté : mouvement, chaleur, lumière, n'est-ce pas tout un dans la nature? Pour que l'écrivain prenne la plume avec plaisir, il faut qu'il ait débrouillé le chaos de ses idées, que, dans la méditation, il ait senti mûrir sa pensée et soit pressé de la faire éclore; alors l'expression naîtra d'elle-même, animée, élevée, colorée; « le *sentiment*, se joignant à la *lumière*, l'augmentera, la portera plus loin, la fera passer de ce que l'on a dit à ce que l'on va dire », la propagera, en un mot, de proche en proche à travers le discours entier, comme se propagent dans la nature les grandes ondes lumineuses ou sonores. Ainsi, pour que le mouvement naisse de l'ordre, il faut que l'ordre soit aimé. Le plaisir que définit Buffon, et que lui-même a goûté pleinement, c'est la joie de la vérité contemplée, possédée, communiquée.

On ne nie pas la grandeur de cette théorie qui assimile les productions de l'esprit humain à celles de la nature. Mais la nature est patiente, parce qu'elle est éternelle; l'esprit humain est à la merci de mille influences contraires. Si peu que nous soyons, ce que nous sommes, nous le sentons, nous le faisons sentir aux autres précisément aux heures où quelque inspiration soudaine nous visite. Nous ne sommes pas tous des philosophes ou des savants. Il y a des orateurs qui ont été grands, quoique chez eux la persuasion intérieure se soit quelquefois marquée « par un enthousiasme trop fort ». Il y a des poètes qui se sont rendus immortels par une imagination créatrice exubérante ou par de beaux cris douloureux. Il y a des livres charmants, dont la lecture procure un plaisir délicat, quoiqu'ils ne soient pas « construits » pour l'éternité. Le mouvement qui naît de l'ordre n'est donc pas le seul mouvement fécond.

Mais si Buffon ne pouvait deviner le xixᵉ siècle, il comprenait à merveille, en revanche, l'œuvre propre que le xviiiᵉ siècle devait accomplir. Ce siècle avait plus que l'amour, le besoin de l'extrême clarté, car c'est la clarté qui rend la vérité intelligible à tous, et c'est la vérité que le xviiiᵉ siècle s'était donné pour tâche de propager à travers le monde. Jusqu'alors cette vérité, philosophique ou scientifique, était demeurée le patrimoine d'une élite : pour qu'elle devînt le bien commun des

esprits, sans distinction de pays ni de temps, il fallait qu'elle
n'empruntât plus le langage de l'école, dont les initiés seuls
ont le secret, mais qu'elle se fît largement humaine par un
style qui atteignît le plus haut degré de généralité.

La théorie des termes généraux, qu'on a tant reprochée à
Buffon, n'a pas d'autre sens ni d'autre but. On n'y veut souvent voir que l'injuste dédain du grand seigneur pour le mot
propre et le goût dangereux de l'écrivain pour la périphrase.
Mais l'éloge de la périphrase viendrait bien mal immédiatement
après les règles indiquées pour rendre le style « *précis* et sim-
ple, égal et clair ». Buffon a passé trop vite, et s'est borné à
dire que l'expression généralisée donnera au style « de la noblesse ». Cette noblesse pourtant est moins, dans sa pensée, la
magnificence des paroles que le caractère élevé et soutenu
du style, dégagé des formes trop spéciales, des termes de laboratoire et de métier. Il faut ennoblir cette langue illibérale
des spécialistes, et l'ennoblir non pas pour l'élever au-dessus
des ignorants, mais, tout au contraire, pour élever les ignorants jusqu'à elle. Sa noblesse, ce ne sera plus, comme autrefois, de se rendre inaccessible au lecteur vulgaire, en se héris-
sant des broussailles d'une terminologie obscure : ce sera
d'élargir et d'éclairer pour tous les honnêtes gens, pour tous
les hommes, les avenues qui mènent à la science[1]. La Harpe
lui accorde ce juste éloge : « Buffon fut le premier qui, des
immenses richesses de la physique, ait fait celles de la langue
française, sans corrompre ou dénaturer ni l'une ni l'autre. »
Les hommes du xviiie siècle étaient plus ambitieux encore : ce
n'est pas des seuls Français qu'ils voulaient être compris, et
l'*Histoire naturelle* fit vite son tour d'Europe, à une époque
où le génie de notre langue s'exprimait dans le mot de Rivarol :
« Tout ce qui n'est pas clair n'est pas français. »

1. Cuvier disait à Flourens : « Buffon n'écrivait pas ses descriptions en termes
techniques, et c'est ce qui a trompé beaucoup de naturalistes, qui ne se reconnais-
sent guère en ce genre d'écrits qu'autant qu'ils y trouvent un langage particulier,
convenu, le langage officiel de la nomenclature. »

V

Les autres discours académiques de Buffon comparés au « Discours sur le style ».

Le *Discours sur le style* est le plus célèbre, mais non le seul discours académique de Buffon : « J'ai reçu ce matin, écrit Diderot à Mlle Volant[1], la visite de M. de Buffon : j'irai un de ces soirs passer quelques heures avec lui. J'aime les hommes qui ont une grande confiance dans leurs talents. Il est directeur de l'Académie française, et, en cette qualité, chargé de trois ou quatre discours de réception; c'est une cruelle corvée. Que dire d'un M. de Limoges? que dire d'un M. Watelet? que dire des morts et des vivants? Cependant il n'est pas permis de les offenser par le mépris; il faudra donc qu'il les loue, et il disait : « Eh bien, je les louerai, et l'on m'applaudira. Est-ce que l'homme éloquent trouve quelque sujet stérile? Est-ce qu'il y a quelque chose dont il ne sache pas parler? » A ce moment, Buffon est malade, attristé de la mort d'un ami, et il écrit : « Je ne m'en suis tiré qu'à force d'être court[2]. »

Les réponses à la Condamine et à Watelet (1761)[3] sont beaucoup plus courtes en effet que le *Discours sur le style*. Avec la situation le ton a changé; le récipiendaire d'autrefois est le directeur d'aujourd'hui, et reçoit à son tour des académiciens moins illustres que lui. Encore les voyages de la Condamine offraient-ils une ample matière au développement oratoire, et Buffon sut être, comme on l'a dit, sublime dans un compliment d'Académie : sa prosopopée de la nature « étonnée de s'entendre interroger pour la première fois » remua l'auditoire, qui oublia la Condamine pour ne songer qu'à Buffon.

Avoir parcouru l'un et l'autre hémisphère, traversé les continents et les

---

1. Lettre de décembre 1760.
2. Lettre à Ruffey, 22 décembre 1761.
3. On a aussi de Buffon un projet de réponse à M. de Coetlosquet, ancien évêque de Limoges, qui allait être reçu à l'Académie en 1769, mais qui se retira au dernier moment pour assurer le succès d'un autre candidat. Après avoir vanté la modestie et la piété du prélat, Buffon y faisait le portrait de l'hypocrisie :

« Sous ce lâche déguisement elle ose paraître : mais elle soutient mal la lumière du jour, elle a l'œil trouble et le regard louche ; elle marche à pas obliques dans des routes souterraines, où le soupçon la suit ; il perce le nuage, l'illusion se dissipe, le prestige s'évanouit, le scandale seul reste, et l'on voit à nu toutes les difformités du vice grimaçant la vertu. »

mers, surmonté les sommets sourcilleux de ces montagnes embrasées où des glaces éternelles bravent également et les feux souterrains et les ardeurs du midi ; s'être livré à la pente précipitée de ces cataractes écumantes dont les eaux suspendues semblent moins rouler sur la terre que descendre des nues ; avoir pénétré dans ces vastes déserts, dans ces solitudes immenses, où la nature, accoutumée au plus profond silence, dut être étonnée de s'entendre interroger pour la première fois ; avoir plus fait, en un mot, par le seul motif de la gloire des lettres, que l'on ne fit jamais par la soif de l'or : voilà ce que connaît de vous l'Europe, et ce que dira la postérité.

Mais comment célébrer le financier Watelet, poète d'occasion ? Buffon sortit d'embarras en traçant de Mirabaud, son prédécesseur, un portrait tout entier résumé dans cette maxime : « Plus un homme est honnête, et plus ses écrits lui ressemblent. »
De nouveau directeur, en 1775, à soixante-huit ans, il reçut avec la même dignité le duc de Duras, maréchal de France sans avoir commandé d'armée, académicien sans avoir écrit, successeur du tragique de Belloy, dont Buffon se plaît à vanter l'essai, bien timide et gauche, de théâtre national. Mais, peu auparavant, dans sa réponse au chevalier de Chastelux, il avait paru au-dessous de lui-même. « M. de Buffon, dit Mme Necker[1], ne pouvait écrire sur des sujets de peu d'importance. Quand il voulait mettre sa grande robe sur de petits objets, elle faisait des plis partout. L'éloge de M. de Chastelux est le seul mauvais ouvrage qu'il ait fait, et il est mauvais parce que M. de Buffon s'est imité lui-même : il n'avait que des idées communes sur ce sujet, et il a voulu cependant les couvrir de son beau style. » Malgré un curieux passage sur l'éloge académique, « peu digne d'une compagnie dans laquelle il doit suffire d'être admis pour être assez loué », le ton, emphatique et faux, se relève seulement par le souvenir ému d'un malheur personnel. Or, cet unique insuccès, à quoi le dut Buffon ? Précisément à l'abus de ces « termes généraux » que vante le *Discours sur le style*. Ainsi, la réponse à M. de Chastelux est la contre-partie et comme la parodie du *Discours sur le style* ; l'une représente l'éloquence académique en ce qu'elle a de convenu et de guindé, l'autre nous apprend ce qu'elle peut avoir d'utile et de vrai, mais nous avertit aussi que l'abus n'est pas loin.

1. *Nouveaux Mélanges.*

BIBLIOGRAPHIE

TEXTES

Éditions Hémon (Delagrave), Nicolas (Garnier).

LIVRES

VOLTAIRE. — *Dictionnaire philosophique*, art. STYLE.

GRIMM. — *Correspondance littéraire ;* Garnier, in-8º, 1877 ; t. II, p. 275-279, 1er sept. 1753.

MARMONTEL. — *Éléments de littérature*, art. STYLE.

MAURY. — *Essai sur l'éloquence de la chaire*, 2 in-8º, Crapelet, 1810 ; t. Ier, p. 393-410.

VILLEMAIN. — *Tableau de la littérature au dix-huitième siècle ;* Didier, in-8º, nouv. édit.; 1854, p. 207 à 211.

VINET. — *Histoire de la littérature française au dix-huitième siècle ;* Sandoz et Fischbacher, in-12, 2e édit. ; t. II, p. 149 à 172.

NISARD. — *Histoire de la littérature française ;* Didot ; t. IV.

NADAULT DE BUFFON. — *Correspondance inédite de Buffon ;* Hachette, 2 vol. in-8º, 1860 ; t. Ier, notes, p. 281 à 294.

GÉRUZEZ. — *Mélanges et Pensées ;* Hachette, in-12, 1866 ; p. 116-118.

FÉLIX HÉMON. — *Éloge de Buffon*, dans les *Études littéraires et morales ;* in-12, 1895, Delagrave.

 — *Buffon*, au t. VI de l'*Histoire* de Petit de Julleville ; Colin, in-8º ; p. 240-249.

KRANTZ. — *Essai sur l'esthétique de Descartes ;* in-8º, Germer-Baillière, 1882 ; l. V, ch. v.

BRUNETIÈRE. — *Études critiques*, 3e série ; Hachette, 1887 ; p. 22-23.

LEBASTEUR. — *Buffon ;* in-8º, Lecène ; ch. VI.

FAGUET. — *Dix-Huitième Siècle ;* Lecène, in-12, 1890 ; p. 457-463.

MERLET ET LINTILHAC. — *Études littéraires sur les classiques français ;* Hachette, in-12, 1894 ; p. 514, 515.

LANSON. — *Histoire de la littérature française ;* Hachette ; 5e série, l. IV, ch. III.

JUGEMENTS

I

« Que l'on étudie l'art d'écrire dans le discours où M. de Buffon en a tracé les règles, on y verra partout l'auteur se rendre un compte exact de ses efforts, réfléchissant profondément sur ses moyens et dictant des lois auxquelles il n'a jamais manqué d'obéir. Lorsqu'il vous disait, Messieurs, que les beautés du style sont les droits les plus sûrs que l'on puisse avoir à l'admiration de la postérité, lorsqu'il vous exposait comment un écrivain, en s'élevant par la contemplation à des vérités sublimes, peut établir sur des fondements inébranlables des monuments immortels, il portait en lui le sentiment de sa destinée, et c'était alors une prédiction qui fut bientôt accomplie. »

Vicq-d'Azyr, Discours de réception à l'Académie,
11 décembre 1788.

II

Reçu à l'Académie française après la publication de ses premiers volumes, Buffon ne laissa pas languir sa parole dans un remerciement ou dans le panégyrique exalté d'un obscur prédécesseur, et il saisit tout d'abord son auditoire du sujet même que sa présence rappelait, l'éloquence, la perfection du style. En général, un grand écrivain, dans les questions de goût, a pour type involontaire son propre talent. Les grands écrivains n'en sont pas moins les meilleurs critiques à étudier. Chacun d'eux ne donne qu'un point de vue de l'art; mais ces points de vue divers sont supérieurs, et en les comparant vous avez l'art tout entier. Ainsi, sur l'éloquence après Aristote, Platon, Cicéron, Tacite, Bossuet, Fénelon, il y avait quelque chose à dire encore [pour un homme de génie qui ne leur ressemble pas : ce sera le discours de Buffon sur le style. Fort admiré de son temps, ce discours parut surpasser tout ce qu'on avait conçu jamais sur un tel sujet; et on le cite encore aujourd'hui comme une règle universelle de goût. Ce n'est cependant que

la confidence un peu apprêtée d'un grand artiste, et non la
théorie de l'art dans sa belle et inépuisable variété.

VILLEMAIN, *Tableau de la littérature française
au dix-huitième siècle;* Didier.

III

Malgré quelques précautions oratoires, sa personnalité n'é-
clate nulle part avec plus d'évidence que dans son discours de
réception à l'Académie. Contraint de louer par les habitudes
du lieu, il annule ses éloges par la généralité et l'exagération ;
pour faire passer l'apothéose de son talent, après avoir exposé
une théorie tirée de sa propre pratique, il la rapporte aux ouvrages de ses nouveaux collègues, ouvrages que sans doute il
n'a jamais ouverts. Je me trompe, il a lu Montesquieu, Voltaire
et Fontenelle, et il aura soin de leur faire entendre qu'il connaît le faible de leurs plus beaux écrits. « Faute d'un plan fortement conçu, le meilleur écrivain s'égare : quelque brillantes que
soient les couleurs qu'il emploie, quelques beautés qu'il sème
dans les détails, comme l'ensemble choquera ou ne se fera pas
sentir, l'ouvrage ne sera pas construit, et, en admirant l'esprit
de l'auteur, on pourra soupçonner qu'il manque de génie. »
Voilà pour M. de Voltaire. « Les interruptions, les repos, les
sections, ne devraient être d'usage que quand on traite des sujets différents ; autrement, le grand nombre de divisions, loin
de rendre un ouvrage plus solide, en détruit l'assemblage ; le
livre paraît plus clair aux yeux, mais le dessein de l'auteur demeure obscur. » Comprenez-vous, Monsieur de Montesquieu ?
A vous maintenant, Monsieur de Fontenelle : « Rien ne s'oppose plus à la chaleur que le désir de mettre partout des traits
saillants ; rien n'est plus contraire à la lumière, qui doit faire
un corps et se répandre uniformément dans un écrit, que ces
étincelles qu'on ne tire que par force en choquant les mots les
uns contre les autres, et qui ne nous éblouissent pendant quelques instants que pour nous laisser ensuite dans les ténèbres. »
Fontenelle, Voltaire et Montesquieu poliment éliminés et dû-
ment avertis, Buffon peut dire à ses nouveaux confrères, sans
crainte d'être pris au mot : « C'est ainsi, Messieurs, qu'il me
semblait, en vous lisant, que vous me parliez, que vous m'ins-
truisiez. Mon âme, qui recueillait avec avidité ces oracles de
la sagesse, voulait prendre l'essor et s'élever jusqu'à vous :

vains efforts ! » L'Académie, qui depuis son origine a entendu, de bonne grâce il est vrai, bien des railleries, n'a jamais été persiflée aussi intrépidement.

GÉRUZEZ, *Mélanges et Pensées;* Hachette.

IV

Parmi tant de discours académiques, dont plusieurs sont d'excellents modèles, un seul a l'autorité d'un ouvrage d'enseignement : c'est le Discours de Buffon sur le style.

NISARD, *Histoire de la littérature française,*
t. IV; Didot.

DISCOURS ET LETTRES

I

Lettre de d'Alembert à Grimm pour lui rendre compte de la séance de réception de Buffon à l'Académie française et du discours qui y a été prononcé.

(Charente. — Brevet supérieur. — Aspirantes, 1890.)

II

Moncrif, directeur de l'Académie, répond au discours de réception de Buffon.

Au nom de l'Académie, il remerciera Buffon d'avoir donné à ces solennités, que leur répétition même risquait de rendre un peu monotones, un éclat nouveau et une vie nouvelle, en rajeunissant le discours académique sans le dénaturer. Mais aussi, directeur de l'Académie, il a le droit et le devoir de regretter que, de tous les éloges consacrés, Buffon n'en ait oublié qu'un seul, celui de son prédécesseur. Opportunité et nécessité de cet acte de courtoisie, exigé par la tradition : tous les académiciens ne sont pas des Buffons, et Moncrif, auteur d'œuvres légères, croit plaider sa propre cause en plaidant celle de Languet de Gergy.

Il fera aussi, mais avec discrétion et sur un ton amical, quelques réserves sur les doctrines trop personnelles du discours où Buffon semble donner surtout la théorie de sa propre manière d'écrire, d'ailleurs admirable ; où le savant se montre un peu trop, sacrifie à l'ordre le mouvement, et oublie parfois que le style du poète et du conteur ne saurait être le même que celui du naturaliste. Doucement, il réclamera en faveur de l'imagination et de la fantaisie, qu'on ne saurait astreindre à une règle inflexible, ni condamner à l'emploi des termes généraux : c'est la précision du style qui en fait la vie. Exemple de la Bruyère, le hardi précurseur de Buffon dans le discours académique renouvelé.

Ce ne sont là que des taches légères dans un morceau presque parfait : tous les écrivains d'un siècle où l'imagination domine déjà la raison ne seront pas également convaincus par ce discours ; mais tous, si grands qu'ils soient, le liront avec fruit. L'Académie salue avec fierté en Buffon l'heureuse alliance du génie scientifique et du génie littéraire. Puisse cette alliance être durable et préparer le bel avenir qu'il est déjà permis d'entrevoir !

DISSERTATIONS ET LEÇONS

I

Étudier la langue et le style de Buffon.

(Paris. — Leçon d'agrégation, 1873.)

II

En quel sens faut-il entendre le mot de Buffon, le plus souvent inexactement cité et mal compris : « Le style est l'homme même » ?

(Paris. Licence ès lettres, avril 1868. Certificat d'aptitude a l'enseignement secondaire spécial, 1892. — Aix. Devoir de licence, 1880. — Gard. Brevet supérieur. Aspirantes, 1888.)

III

Discuter cette pensée de Buffon : « Ceux qui écrivent comme ils parlent, quoiqu'ils parlent très bien, écrivent mal. »

(Paris. — Devoir de licence, déc. 1881.)

IV

Que faut-il penser du conseil que donne Buffon aux écrivains de ne nommer les choses que par les termes les plus généraux ? Usage et abus de ce précepte dans la littérature.

(Bordeaux et Poitiers. — Devoir de licence.)

V

Est-ce la prose, est-ce la poésie qui, au xviiie siècle, fut cultivée en France avec le plus de succès ? Par quelles raisons peut-on expliquer cette supériorité de l'une sur l'autre ?

(Sèvres. — Concours d'admission, 1888.)

VI

Plan et idée générale du Discours sur le style.

(Paris. — BACCALAURÉAT, novembre 1884.)

VII

Qu'est-ce que l'éloquence? Exposer et discuter les doctrines de Fénelon et de Buffon sur l'éloquence.

(Besançon. — BACCALAURÉAT, juillet 1889.)

VIII

Buffon a dit : « Bien écrire, c'est à la fois bien penser, bien sentir et bien rendre ; c'est avoir de l'esprit, de l'âme et du goût. » Quel est, parmi nos grands écrivains, celui qui vous paraît avoir le mieux réalisé cet idéal?

(Fontenay-aux-Roses. — CONCOURS D'ADMISSION, 1885.)

IX

Développer le mot de Buffon : « Un beau style n'est tel en effet que par le nombre infini des vérités qu'il présente. »

(Fontenay-aux-Roses. — DEVOIR DE SECONDE ANNÉE.)

X

Vous ferez à des élèves de troisième année une leçon sur Buffon comme introduction à l'étude de son *Discours sur le style*.

(PROFESSORAT DES ÉCOLES NORMALES. — Aspirants. Leçon, 1892.)

XI

Définir Buffon écrivain et théoricien du style. Est-il vrai de dire que dans son Discours à l'Académie il n'a donné que la théorie de son propre style?

(Fontenay-aux-Roses. — LEÇON.)

1. — Établir d'abord que Buffon n'a pas commencé par donner une théorie du style, et qu'il ne l'a même donnée qu'après avoir beaucoup écrit déjà. La théorie sort donc de la pratique, et par là elle sera vivante; mais par là aussi elle risque d'être un peu étroitement personnelle.

2. — Étudier à l'avance la théorie dans la pratique qui l'a précédée. Dire comment Buffon a été amené à essayer de faire passer dans son propre style l'ordre et le mouvement qu'il admirait dans les œuvres de la nature. L'ordre, unité et clarté. Pourquoi Buffon travaille son style et comment il le corrige; que son ambition est d'atteindre au plus haut degré d'intelligibilité possible. Le mouvement; qu'il sort lui-même de l'ordre, et n'est que l'émotion grave qui naît de la vérité comprise, sentie, aimée. Exemples de la manière dont Buffon ordonne et anime sa phrase et son développement.

3. — Préciser ce qu'il doit y avoir, dès lors, de particulier dans le Discours de réception à l'Académie appelé improprement *Discours sur le style*. Faire d'abord la part des circonstances : le discours académique, louanges d'usage mal rattachées à la dissertation qui en fait le fond. Peut-être critiques indirectes du style à la mode : l'esprit. Certainement, exposé d'idées anciennes déjà, fait par un grand écrivain, célèbre aux yeux du public plus encore par son style que par ses systèmes. Faire la part de la critique à ce point de vue; mais ne pas tout critiquer, et expliquer la théorie des termes généraux, qu'il croit nécessaires à la propagation des idées.

4. — Mais, d'autre part, après la vérité relative (les circonstances, l'homme, l'œuvre), faire comprendre la vérité durable de certaines parties du *Discours*. Haute idée que Buffon se fait du style, du travail de réflexion nécessaire à l'écrivain. Union intime de la beauté du style et de la vérité qu'il exprime. Insister sur la théorie de l'ordre, sur la nécessité d'une méditation prolongée du sujet avant le travail de l'expression, et en tirer une théorie de l'invention et de la composition, non seulement pour les vrais écrivains, mais à notre propre usage.

5. — Incomplet, surtout en ce qui concerne le mouvement (mouvement poétique, oratoire, etc., mal compris ou dédaigné), le *Discours* peut donc se lire encore avec fruit au double point de vue et de la connaissance particulière de Buffon et de la connaissance de la pratique même des règles générales qui sont nécessaires de tout temps pour composer un devoir aussi bien que pour écrire les *Époques de la nature*. Au reste, nous

n'avons rien trouvé de mieux depuis cette règle, où tout est
contenu : « Bien penser, c'est à la fois bien penser, bien sentir
et bien rendre. »

XII

Qu'y a-t-il d'original dans la théorie du style telle que Buffon la conçoit et la formule. Est-elle purement classique? an-
nonce-t-elle des temps nouveaux? a-t-elle cessé d'être vraie
dans son fond, quoique discutable dans quelques-unes de ses
parties?

(Fontenay-aux-Roses. — Leçon.)

Dans le *Discours sur le style,* Buffon, artiste de style, donne
la théorie de l'art tel qu'il le conçoit, il faut l'accorder. Cela
est naturel et inévitable. Fénelon dans la *Lettre à l'Académie*
n'avait pas fait autre chose.

Il faut accorder aussi que le Discours, plus que la Lettre de
Fénelon, est une œuvre académique au moins par son cadre.
Faire bon marché de la composition, des digressions, et par
endroits d'une certaine emphase; ne considérer que le fond.

Qu'y a-t-il au fond du Discours? Une théorie du style écrite
par un savant. Là-dessus on accuse l'étroitesse du point de vue.
Ici, une distinction est nécessaire.

Oui, il est vrai que Buffon a en vue, sinon uniquement les
œuvres de science, du moins les genres sérieux, la prose, et
non pas la prose légère; il est vrai même (et ce n'est pas la
moindre originalité de cette dissertation où l'on devine une
arrière-pensée satirique) que Buffon a devant les yeux les écrivains de son temps, Montesquieu, Marivaux, Voltaire même. —
Non, il n'est pas vrai que — la part de l'exagération faite —
Buffon, pour être savant, ait presque annulé la valeur durable
de sa théorie critique. Il est critique original parce qu'il est
savant. Différence entre lui et les critiques purement classiques qui concevaient bien aussi la nécessité de l'ordre et du
mouvement, mais prenaient leurs exemples chez les anciens.
Buffon étudie la nature directement, et c'est à la nature qu'il
emprunte ses règles essentielles : d'une part, unité, simplicité,
harmonie; de l'autre, variété, mouvement, vie, mais insépa-
rables — dans la nature et dans l'art — de l'ordre vivant et
mouvant.

Étudier à ce point de vue le Discours, en rapprochant la

théorie de l'application chez Buffon. Comment de la contemplation prolongée du sujet dans son unité harmonieuse naît peu à peu la chaleur, l'émotion lente et contenue de l'esprit, ce que Buffon appelle le mouvement.

Ce n'est pas toute la théorie du style, à toutes les époques et pour tous les genres, mais c'en est la meilleure partie aujourd'hui même encore, aujourd'hui peut-être surtout.

XIII

Rapprocher le style de Buffon de sa théorie du style, en montrant d'une part que ce style était celui qui convenait à son œuvre, de l'autre que la théorie du style était dictée au critique par le naturaliste.

(Fontenay-aux-Roses. — LEÇON.)

XIV

Buffon a écrit, dans son *Discours sur le style* : « C'est faute de plan, c'est pour n'avoir pas assez réfléchi sur son objet, qu'un homme d'esprit se trouve embarrassé; il ne sait par où commencer à écrire. » Développer cette pensée, et montrer quelles doivent être les principales règles de la composition.

(Morbihan. — BREVET SUPÉRIEUR, juillet 1889.
Aspirants.)

XV

Comparer l'orateur suivant Buffon à tels grands orateurs que vous connaissez, et dire ce qui lui manque.

(Maine-et-Loire. — BREVET SUPÉRIEUR, juillet 1889.
Aspirants.)

XVI

Appliquer à la pédagogie (méthode de composition, de leçon, etc.), les préceptes de Buffon sur l'ordre, et en faire ressortir l'importance essentielle à tous égards.

Villefranche-de-Rouergue. — L. Bardoux impr.